P9-APC-810

COLLECTION FOLIO

Annie Ernaux

Une femme

Gallimard

Annie Ernaux a passé son enfance et sa jeunesse à Yvetot, en Normandie. Elle est professeur de lettres et vit dans une ville nouvelle près de Paris. Elle a publié *Les armoires vides* (1974), *Ce qu'ils disent ou rien* (1977), *La femme gelée* (1981), *La place* (prix Renaudot 1984), *Une femme* (1988).

C'est une erreur de prétendre que la contradiction est inconcevable, car c'est bien dans la douleur du vivant qu'elle a son existence réelle.

HEGEL

Ma mère est morte le lundi 7 avril à la maison de retraite de l'hôpital de Pontoise, où je l'avais placée il y a deux ans. L'infirmier a dit au téléphone : « Votre mère s'est éteinte ce matin, après son petit déjeuner. » Il était environ dix heures.

Pour la première fois la porte de sa chambre était fermée. On lui avait déjà fait sa toilette, une bande de tissu blanc lui enserrait la tête, passant sous le menton, ramenant toute la peau autour de la bouche et des yeux. Elle était recouverte d'un drap jusqu'aux épaules, les mains cachées. Elle ressemblait à une petite momie. On avait laissé de chaque côté du lit les barres destinées à l'empêcher de se lever. J'ai voulu lui passer la chemise de nuit blanche, bordée de croquet, qu'elle avait achetée autrefois pour son enterrement. L'infirmier m'a dit qu'une femme du service s'en chargerait, elle mettrait aussi sur elle le crucifix, qui était dans le tiroir de la table de chevet. Il manquait les deux clous fixant les bras de cuivre sur la croix. L'infirmier n'était pas sûr d'en trouver. Cela n'avait pas d'importance, je désirais qu'on lui mette quand même son crucifix. Sur la table roulante, il y avait le bouquet de forsythias que j'avais apporté la veille. L'infirmier m'a conseillé d'aller tout de suite à l'état civil de l'hôpital. Pendant ce temps, on ferait l'inventaire des affaires personnelles de ma mère. Elle n'avait presque plus rien à elle, un tailleur, des chaussures d'été bleues, un rasoir électrique. Une femme s'est mise à crier, la même depuis des mois. Je ne comprenais pas qu'elle soit encore vivante et que ma mère soit morte.

À l'état civil, une jeune femme m'a demandé pour quoi c'était. « Ma mère est décédée ce matin. – À l'hôpital ou en long séjour? quel nom? » Elle a regardé une feuille et elle a souri un peu : elle était déjà au courant. Elle est allée chercher le dossier de ma mère et m'a posé quelques questions sur elle, son lieu de naissance, sa dernière adresse avant d'entrer en long séjour. Ces renseignements devaient figurer dans le dossier.

Dans la chambre de ma mère, on avait préparé sur la table de chevet un sac en plastique contenant ses affaires. L'infirmier m'a tendu la fiche d'inventaire à signer. Je n'ai plus désiré emporter les vêtements et les objets qu'elle avait eus ici, sauf une statuette achetée lors d'un pèlerinage à Lisieux avec mon père, autrefois, et un petit ramoneur savoyard, souvenir d'Annecy. Maintenant que j'étais venue, on pouvait conduire ma mère à la morgue de l'hôpital, sans attendre la fin des deux heures réglementaires de maintien du corps dans le service après décès. En partant, j'ai vu dans le bureau vitré du personnel la dame qui partageait la chambre de ma mère. Elle était assise avec son sac à main, on la faisait patienter là jusqu'à ce que ma mère soit transportée à la morgue.

Mon ex-mari m'a accompagnée aux pompes funèbres. Derrière l'étalage de fleurs artificielles, il y avait des fauteuils et une table basse avec des revues. Un employé nous a conduits dans un bureau, posé des questions sur la date du décès, le lieu de l'inhumation, une messe ou non. Il notait tout sur un grand bordereau et tapait de temps en temps sur une calculette. Il nous a emmenés dans une pièce noire, sans fenêtres, qu'il a éclairée. Une dizaine de cercueils étaient debout contre le mur. L'employé a précisé : « Tous les prix sont t.c. » Trois cercueils étaient ouverts pour qu'on puisse choisir aussi la couleur du capitonnage. J'ai pris du chêne parce que c'était l'arbre qu'elle préférait et qu'elle s'inquiétait toujours de savoir devant un meuble neuf s'il était en chêne. Mon ex-mari m'a suggéré du rose violine pour le capiton. Il était fier, presque heureux de se rappeler qu'elle avait souvent des corsages de cette couleur. J'ai fait un chèque à l'employé. Ils s'occupaient de tout, sauf de la fourniture des fleurs naturelles. Je suis rentrée vers midi chez moi et j'ai bu du porto avec mon ex-mari. J'ai commencé d'avoir mal à la tête et au ventre.

Vers cinq heures, j'ai appelé l'hôpital pour demander s'il était possible de voir ma mère à la morgue avec mes deux fils. La standardiste m'a répondu qu'il était trop tard, la morgue fermait à quatre heures et demie. Je suis sortie seule en voiture, pour trouver un fleuriste ouvert le lundi, dans les quartiers neufs près de l'hôpital. Je voulais des lis blancs, mais la fleuriste me les a déconseillés, on ne les fait que pour les enfants, les jeunes filles à la rigueur.

L'inhumation a eu lieu le mercredi. Je suis arrivée à l'hôpital avec mes fils et mon ex-mari. La morgue n'est pas fléchée, nous nous sommes perdus avant de la découvrir, un bâtiment de béton sans étage, à la lisière des champs. Un employé en blouse blanche qui téléphonait nous a fait signe de nous asseoir dans un couloir. Nous étions sur des chaises alignées le long du mur, face à des sanitaires dont la porte était restée ouverte. Je voulais voir encore ma mère et poser sur elle deux petites branches de cognassier en fleur que j'avais dans mon sac. Nous ne savions pas s'il était prévu de nous montrer ma mère une dernière fois avant de refermer le cercueil. L'employé des pompes funèbres que nous avions eu au magasin est sorti d'une pièce à côté et nous a invités à le suivre, avec politesse. Ma mère était dans le cercueil, elle avait la tête en arrière, les mains jointes sur le crucifix. On lui avait enlevé son bandeau et passé la chemise de nuit avec du croquet. La couverture de satin lui montait jusqu'à la poitrine. C'était dans une grande salle nue, en béton. Je ne sais pas d'où venait le peu de jour.

L'employé nous a indiqué que la visite était finie, et nous a raccompagnés dans le couloir. Il m'a semblé qu'il nous avait amenés devant ma mère pour qu'on constate la bonne qualité des prestations de l'entreprise. Nous avons traversé les quartiers neufs jusqu'à l'église, construite à côté du centre culturel. Le corbillard n'était pas arrivé, nous avons attendu devant l'église. En face, sur la façade du supermarché, il y avait écrit au goudron, « l'argent, les marchandises et l'État sont les trois piliers de l'apartheid ». Un prêtre s'est avancé, très affable. Il a demandé, « c'est votre mère ? » et à mes fils s'ils continuaient leurs études, à quelle université.

Une sorte de petit lit vide, bordé de velours rouge, était posé à même le sol de ciment, devant l'autel. Plus tard, les hommes des pompes funèbres ont placé dessus le cercueil de ma mère. Le prêtre a mis une cassette d'orgue sur le magnétophone. Nous étions seuls à assister à la messe, ma mère n'était connue de personne ici. Le prêtre parlait de « la vie éternelle », de la « résurrection de notre sœur », il chantait des cantiques. J'aurais voulu que cela dure toujours, qu'on fasse encore quelque chose pour ma mère, des gestes, des chants. La musique d'orgue a repris et le prêtre a éteint les cierges de chaque côté du cercueil.

La voiture des pompes funèbres est partie aussitôt vers Yvetot, en Normandie, où ma mère allait être enterrée à côté de mon père.

J'ai fait le voyage dans ma voiture personnelle avec mes fils. Il a plu pendant tout le trajet, le vent soufflait en rafales. Les garçons m'interrogeaient au sujet de la messe, parce qu'ils n'en avaient jamais vu auparavant et qu'ils n'avaient pas su comment se comporter au cours de la cérémonie.

À Yvetot, la famille était massée près de la grille d'entrée du cimetière. L'une de mes cousines m'a crié de loin : « Quel temps, on se croirait en novembre! », pour ne pas rester à nous regarder avancer sans rien dire. Nous avons marché tous ensemble vers la tombe de mon père. Elle avait été ouverte, la terre rejetée sur le côté en un monticule jaune. On a apporté le cercueil de ma mère. Au moment où il a été positionné au-dessus de la fosse, entre des cordes, les hommes m'ont fait approcher afin que je le voie glisser le long des parois de la tranchée. Le fossoyeur attendait à quelques mètres, avec sa pelle. Il était en bleus, un béret et des bottes, le teint violacé. J'ai eu envie de lui parler et de lui donner cent francs, en pensant qu'il irait peut-être les boire. Cela n'avait pas d'importance, au contraire, il était le dernier homme à s'occuper de ma mère en la recouvrant de terre tout l'après-midi, il fallait qu'il ait du plaisir à le faire.

La famille n'a pas voulu que je reparte sans manger. La sœur de ma mère avait prévu le repas d'inhumation au restaurant. Je suis restée, cela aussi me paraissait une chose que je pouvais encore faire pour elle. Le service était lent, nous parlions du travail, des enfants, quelquefois de ma mère. On me disait, « ça servait à quoi qu'elle vive dans cet état plusieurs années ». Pour tous, il était mieux qu'elle soit morte. C'est une phrase, une certitude, que je ne comprends pas. Je suis rentrée en région parisienne le soir. Tout a été vraiment fini.

Dans la semaine qui a suivi, il m'arrivait de pleurer n'importe où. En me réveillant, je savais que ma mère était morte. Je sortais de rêves lourds dont je ne me rappelais rien, sauf qu'elle y était, et morte. Je ne faisais rien en dehors des tâches nécessaires pour vivre, les courses, les repas, le linge dans la machine à laver. Souvent j'oubliais dans quel ordre il fallait les faire, je m'arrêtais après avoir épluché des légumes, n'enchaînant sur le geste suivant, de les laver, qu'après un effort de réflexion. Lire était impossible. Une fois, je suis descendue à la cave, la valise de ma mère était là, avec son porte-monnaie, un sac d'été, des foulards à l'intérieur. Je suis restée prostrée devant la valise béante. C'est au-dehors, en ville, que j'étais le plus mal. Je roulais, et brutalement : « Elle ne sera plus jamais nulle part dans le monde. » Je ne comprenais plus la façon habituelle de se comporter des gens, leur attention minutieuse à la boucherie pour choisir tel ou tel morceau de viande me causait de l'horreur.

Cet état disparaît peu à peu. Encore de la satisfaction que le temps soit froid et pluvieux, comme au début du mois, lorsque ma mère était vivante. Et des instants de vide chaque fois que je constate « ce n'est plus la peine de » ou « je n'ai plus besoin de » (faire ceci ou cela pour elle). Le trou de cette pensée : le premier printemps qu'elle ne verra pas. (Sentir maintenant la force des phrases ordinaires, des clichés même.)

Il y aura trois semaines demain que l'inhumation a eu lieu. Avant-hier seulement, j'ai surmonté la terreur d'écrire dans le haut d'une feuille blanche, comme un début de livre, non de lettre à quelqu'un, « ma mère est morte ». J'ai pu aussi regarder des photos d'elle. Sur l'une, au bord de la Seine, elle est assise, les jambes repliées. Une photo en noir et blanc, mais c'est comme si je voyais ses cheveux roux, les reflets de son tailleur en alpaga noir.

Je vais continuer d'écrire sur ma mère. Elle est la seule femme qui ait vraiment compté pour moi et elle était démente depuis deux ans. Peut-être ferais-je mieux d'attendre que sa maladie et sa mort soient fondues dans le cours passé de ma vie, comme le sont d'autres événements, la mort de mon père et la séparation d'avec mon mari, afin d'avoir la distance qui facilite l'analyse des souvenirs. Mais je ne suis pas capable en ce moment de faire autre chose.

C'est une entreprise difficile. Pour moi, ma mère n'a pas d'histoire. Elle a toujours été là. Mon premier mouvement, en parlant d'elle, c'est de la fixer dans des images sans notion de temps : « elle était violente », « c'était une femme qui brûlait tout », et d'évoquer en désordre des scènes, où elle apparaît. Je ne retrouve ainsi que la femme de mon imaginaire, la même que, depuis quelques jours, dans mes rêves, je vois à nouveau vivante, sans âge précis, dans une atmosphère de tension semblable à celle des films d'angoisse. Je voudrais saisir aussi la femme qui a existé en dehors de moi, la femme réelle, née dans le quartier rural d'une petite ville de Normandie et morte dans le service de gériatrie d'un hôpital de la région parisienne. Ce que j'espère écrire de plus juste se situe sans doute à la jointure du familial et du social, du mythe et de l'histoire. Mon projet est de nature littéraire, puisqu'il s'agit de chercher une vérité sur ma mère qui ne peut être atteinte que par des mots. (C'est-à-dire que ni les photos, ni mes souvenirs, ni les témoignages de la famille ne peuvent me donner cette vérité.) Mais je souhaite rester, d'une certaine façon, au-dessous de la littérature.

Yvetot est une ville froide, construite sur un plateau venté, entre Rouen et Le Havre. Au début du siècle, elle était le centre marchand et administratif d'une région entièrement agricole, aux mains de grands propriétaires. Mon grand-père, charretier dans une ferme, et ma grand-mère, tisserande à domicile, s'y sont installés quelques années après leur mariage. Ils étaient tous deux originaires d'un village voisin, à trois kilomètres. Ils ont loué une petite maison basse avec une cour, de l'autre côté de la voie ferrée, à la périphérie, dans une zone rurale aux limites indécises, entre les derniers cafés près de la gare et les premiers champs de colza. Ma mère est née là, en 1906, quatrième de six enfants. (Sa fierté quand elle disait : « Je ne suis pas née à la campagne. »)

Quatre des enfants n'ont pas quitté Yvetot de leur vie, ma mère y a passé les trois quarts de la sienne. Ils se sont rapprochés du centre mais ne l'ont jamais habité. On « allait en ville », pour la messe, la viande, les mandats à envoyer. Maintenant, ma cousine a un logement dans le centre, traversé par la Nationale 15 où circulent des camions jour et nuit. Elle donne du somnifère à son chat pour l'empêcher de sortir et de se faire écraser. Le quartier où ma mère a passé son enfance est très recherché par les gens à hauts revenus, pour son calme et ses maisons anciennes.

Ma grand-mère faisait la loi et veillait par des cris et des coups à « dresser » ses enfants. C'était une femme rude au travail, peu commode, sans autre relâchement que la lecture des feuilletons. Elle savait tourner les lettres et, première du canton au certificat, elle aurait pu devenir institutrice. Les parents avaient refusé qu'elle parte du village. Certitude alors que s'éloigner de la famille était source de malheur. (En normand, « ambition » signifie la douleur d'être séparé, un chien peut mourir d'ambition.) Pour comprendre aussi cette histoire refermée à onze ans, se rappeler toutes les phrases qui commencent par « dans le temps » : dans le temps, on n'allait pas à l'école comme maintenant, on écoutait ses parents, etc.

Elle tenait bien sa maison, c'est-à-dire qu'avec le minimum d'argent elle arrivait à nourrir et habiller sa famille, alignait à la messe des enfants sans trous ni taches, et ainsi s'approchait d'une dignité permettant de vivre sans se sentir des manants. Elle retournait les cols et les poignets de chemises pour qu'elles fassent double usage. Elle gardait tout, la peau du lait, le pain rassis, pour faire des gâteaux, la cendre de bois pour la lessive, la chaleur du poêle éteint pour sécher les prunes ou les torchons, l'eau du débarbouillage matinal pour se laver les mains dans la journée. Connaissant tous les gestes qui accommodent la pauvreté. Ce savoir, transmis de mère en fille pendant des siècles, s'arrête à moi qui n'en suis plus que l'archiviste.

Mon grand-père, un homme fort et doux, est mort à cinquante ans d'une crise d'angine de poitrine. Ma mère avait treize ans et elle l'adorait. Veuve, ma grand-mère est devenue encore plus raide, toujours sur le qui-vive. (Deux images de terreur, la prison pour les garçons, l'enfant naturel pour les filles.) Le tissage à domicile ayant disparu, elle a fait du blanchissage, des ménages de bureaux.

À la fin de sa vie, elle habitait avec sa dernière fille et son gendre, dans un baraquement sans électricité, ancien réfectoire de l'usine d'à côté, juste au bas de la voie ferrée. Ma mère m'emmenait la voir le dimanche. C'était une petite femme ronde, qui se mouvait rapidement malgré une jambe plus courte que l'autre de naissance. Elle lisait des romans, parlait très peu, avec brusquerie, aimait bien boire de l'eau-de-vie, qu'elle mélangeait à un fond de café, dans la tasse. Elle est morte en 1952.

L'enfance de ma mère, c'est à peu près ceci :

un appétit jamais rassasié. Elle dévorait la pesée du pain en revenant du boulanger. « Jusqu'à vingt-cinq ans, j'aurais mangé la mer et les poissons! »,

la chambre commune pour tous les enfants, le lit partagé avec une sœur, des crises de somnambulisme où on la retrouvait debout, endormie, les yeux ouverts, dans la cour,

les robes et les chaussures dépassées d'une sœur à l'autre, une poupée de chiffon à Noël, les dents trouées par le cidre,

mais aussi les promenades sur le cheval de labour, le patinage sur la mare gelée durant l'hiver 1916, les parties de cache-cache et de saut à la corde, les injures et le geste rituel de mépris – se tourner et se taper le cul d'une main vive – à l'adresse des « demoiselles » du pensionnat privé,

toute une existence au-dehors de petite fille de la campagne, avec les mêmes savoir-faire que les garçons, scier du bois, locher les pommes et tuer les poules d'un coup de ciseau au fond de la gorge. Seule différence, ne pas se laisser toucher le « quat'sous ».

Elle est allée à l'école communale, plus ou moins suivant les travaux des saisons et les maladies des frères et sœurs. Très peu de souvenirs en dehors des exigences de politesse et de propreté des maîtresses, montrer les ongles, le haut de la chemise, déchausser un pied (on ne savait jamais lequel il fallait laver). L'enseignement lui est passé dessus sans provoquer aucun désir. Personne ne « poussait » ses enfants, il fallait que ce soit « dans eux » et l'école n'était qu'un temps à passer en attendant de ne plus être à charge des parents. On pouvait manquer la classe, on ne perdait rien. Mais non la messe qui, même dans le bas de l'église, vous donnait le sentiment, en participant à la richesse, la beauté et l'esprit (chasubles brodées, calices d'or et cantiques) de ne pas « vivre comme des chiens ». Ma mère a montré de bonne heure un goût très vif pour la religion. Le catéchisme est la seule matière qu'elle ait apprise avec passion, en connaissant par cœur toutes les réponses. (Plus tard, encore, cette façon haletante, joyeuse, de répondre aux prières, à l'église, comme pour montrer qu'elle savait.)

Ni heureuse ni malheureuse de quitter l'école à douze ans et demi, la règle commune [1]. Dans la fabrique de margarine où elle est entrée, elle a souffert du froid et de l'humidité, les mains mouillées attrapant des engelures qu'on gardait tout l'hiver. Ensuite, elle n'a jamais pu « voir » la margarine. Très peu, donc, de « rêveuse adolescence », mais l'attente du samedi soir, la paye qu'on rapporte à la mère, en gardant juste de quoi s'offrir *Le Petit Écho de la Mode* et la poudre de riz, les fous rires, les haines. Un jour, le contremaître a laissé son cache-nez se prendre dans la courroie d'une machine. Personne ne l'a secouru et il a dû se dégager seul. Ma mère était à côté de lui. Comment admettre cela, sauf à avoir subi un poids égal d'aliénation ?

Avec le mouvement d'industrialisation des

1. Piège, cependant, de ne parler qu'au passé. Dans *Le Monde* du 17 juin 1986, on lit à propos de la région de ma mère, la Haute-Normandie : « Un retard de la scolarisation qui n'a jamais été comblé, malgré des améliorations, continue de produire ses effets (...). Chaque année, 7 000 jeunes sortent du système scolaire sans formation. Issus des " classes de relégation ", ils ne peuvent accéder à des stages de qualification. La moitié d'entre eux, selon un pédagogue, ne " savent pas lire deux pages conçues pour eux ". »

années vingt, il s'est monté une grande corderie qui a drainé toute la jeunesse de la région. Ma mère, comme ses sœurs et ses deux frères, a été embauchée. Pour plus de commodité, ma grand-mère a déménagé, louant une petite maison à cent mètres de l'usine, dont elle faisait le ménage le soir, avec ses filles. Ma mère s'est plu dans ces ateliers propres et secs, où l'on n'interdisait pas de parler et de rire en travaillant. Fière d'être ouvrière dans une grande usine : quelque chose comme être civilisée par rapport aux sauvages, les filles de la campagne restées derrière les vaches, et libre au regard des esclaves, les bonnes des maisons bourgeoises obligées de « servir le cul des maîtres ». Mais sentant tout ce qui la séparait, de manière indéfinissable, de son rêve : la demoiselle de magasin.

Comme beaucoup de familles nombreuses, la famille de ma mère était une tribu, c'est-à-dire que ma grand-mère et ses enfants avaient la même façon de se comporter et de vivre leur condition d'ouvriers à demi ruraux, ce qui permettait de les reconnaître, « les D... ». Ils criaient tous, hommes et femmes, en toutes circonstances. D'une gaieté exubérante, mais ombrageux, ils se fâchaient vite et « n'envoyaient pas dire » ce qu'ils avaient à dire. Par-dessus tout, l'orgueil de leur force de travail. Ils admettaient difficilement qu'on soit plus courageux qu'eux. Continuellement, aux limites qui les entouraient, ils opposaient la certitude d'être « quelqu'un ». D'où, peut-être, cette fureur qui les faisait se jeter sur tout, le travail, la nourriture, rire aux larmes et annoncer une heure après, « je vais me mettre dans la citerne ».

De tous, c'est ma mère qui avait le plus de violence et d'orgueil, une clairvoyance révoltée de sa position d'inférieure dans la société et le refus d'être seulement jugée sur celle-ci. L'une de ses réflexions fréquentes à propos des gens riches, « on les vaut bien ». C'était une belle blonde assez forte (« on m'aurait acheté ma santé ! »), aux yeux gris.

Elle aimait lire tout ce qui lui tombait sous la main, chanter les chansons nouvelles, se farder, sortir en bande au cinéma, au théâtre voir jouer *Roger la honte* et *Le Maître de forges*. Toujours prête à « s'en payer ».

Mais à une époque et dans une petite ville où l'essentiel de la vie sociale consistait à en apprendre le plus possible sur les gens, où s'exerçait une surveillance constante et naturelle sur la conduite des femmes, on ne pouvait qu'être prise entre le désir de « profiter de sa jeunesse » et l'obsession d'être « montrée du doigt ». Ma mère s'est efforcée de se conformer au jugement le plus favorable porté sur les filles travaillant en usine : « ouvrière *mais* sérieuse », pratiquant la messe et les sacrements, le pain bénit, brodant son trousseau chez les sœurs de l'orphelinat, n'allant jamais au bois seule avec un garçon. Ignorant que ses jupes raccourcies, ses cheveux à la garçonne, ses yeux « hardis », le fait surtout qu'elle travaille avec des hommes, suffisaient à empêcher qu'on la considère comme ce qu'elle aspirait à être, « une jeune fille comme il faut ».

La jeunesse de ma mère, cela en partie : un effort pour échapper au destin le plus probable, la pauvreté sûrement, l'alcool peut-être. À tout ce qui arrive à une ouvrière quand elle « se laisse aller » (fumer, par exemple, traîner le soir dans la rue, sortir avec des taches sur soi) et que plus aucun « jeune homme sérieux » ne veut d'elle.

Ses frères et ses sœurs n'ont échappé à rien. Quatre sont morts au cours des vingt-cinq dernières années. Depuis longtemps, c'est l'alcool qui comblait leur creux de fureur, les hommes au café, les femmes chez elles (seule la dernière sœur, qui ne buvait pas, vit encore). Ils n'avaient plus de gaieté ni de parole qu'avec un certain degré d'ivresse. Le reste du temps, ils abattaient leur travail sans parler, « un bon ouvrier », une femme de ménage dont il n'y a « rien à redire ». Au fil des années, s'habituer à ne plus être évalué que sous le rapport de la boisson dans le regard des gens, « être bien », « en avoir un coup dans le nez ». Une veille de la Pentecôte, j'ai rencontré ma tante M... en revenant de classe. Comme tous les jours de repos, elle montait en ville avec son sac plein de bouteilles vides. Elle m'a embrassée sans pouvoir rien dire, oscillant sur place. Je crois que je ne pourrai jamais écrire comme si je n'avais pas rencontré ma tante, ce jour-là.

Pour une femme, le mariage était la vie ou la mort, l'espérance de s'en sortir mieux à deux ou la plongée définitive. Il fallait donc reconnaître l'homme capable de « rendre une femme heureuse ». Naturellement, pas un gars de la terre, même riche, qui vous ferait traire les vaches dans un village sans électricité. Mon père travaillait à la corderie, il était grand, bien mis de sa personne, un « petit genre ». Il ne buvait pas, gardait sa paye pour monter son ménage. Il était d'un caractère calme, gai, et il avait sept ans de plus qu'elle (on ne prenait pas un « galopin »!). En souriant et rougissant, elle racontait : « J'étais très courtisée, on m'a demandée en mariage plusieurs fois, c'est ton père que j'ai choisi. » Ajoutant souvent : « Il n'avait pas l'air commun. »

L'histoire de mon père ressemble à celle de ma mère, famille nombreuse, père charretier et mère tisserande, l'école quittée à douze ans, ici, pour les travaux des champs comme domestique de ferme. Mais son frère aîné était parvenu à une bonne place au chemin de fer, deux sœurs s'étaient mariées avec des commis de magasin. Anciennes employées de maison, elles savaient parler sans crier, marcher posément, ne pas se faire remarquer. Déjà plus de « dignité », mais aussi de tendance au dénigrement des filles d'usine, comme ma mère, dont l'apparence, les gestes, leur évoquaient trop le monde qu'elles étaient en train de quitter. Pour elles, mon père « aurait pu trouver mieux ».

Ils se sont mariés en 1928.

Sur la photo de mariage, elle a un visage régulier de madone, pâle, avec deux mèches en accroche-cœur, sous un voile qui enserre la tête et descend jusqu'aux yeux. Forte des seins et des hanches, de jolies jambes (la robe ne couvre pas les genoux). Pas de sourire, une expression tranquille, quelque chose d'amusé, de curieux dans le regard. Lui, petite moustache et nœud papillon, paraît beaucoup plus vieux. Il fronce les sourcils, l'air anxieux, dans la crainte peut-être que la photo ne soit mal prise. Il la tient par la taille et elle lui a posé la main sur l'épaule. Ils sont dans un chemin, au bord d'une cour avec de l'herbe haute. Derrière eux, les feuillages de deux pommiers qui se rejoignent leur font un dôme. Au fond, la façade d'une maison basse. C'est une scène que j'arrive à sentir, la terre sèche du chemin, les cailloux affleurant, l'odeur de la campagne au début de l'été. Mais ce n'est pas ma mère. J'ai beau fixer la photo longtemps, jusqu'à l'hallucinante impression de croire que les visages bougent, je ne vois qu'une jeune femme lisse, un peu empruntée dans un costume de film des années vingt. Seules, sa main large serrant les gants, une façon de porter haut la tête, me disent que c'est elle.

Du bonheur et de la fierté de cette jeune mariée, je suis presque sûre. De ses désirs, je ne sais rien. Les premiers soirs – confidence à une sœur – elle est entrée dans le lit en gardant sa culotte sous sa chemise de nuit. Cela ne veut rien dire, l'amour ne pouvait se faire qu'à l'abri de la honte, mais il devait se faire, et bien, quand on était « normale ».

Au début, l'excitation de faire la dame et d'être installée, étrenner le service de vaisselle, la nappe brodée du trousseau, sortir au bras de « son mari », et les rires, les disputes (elle ne savait pas faire la cuisine); les réconciliations (elle n'était pas boudeuse), l'impression d'une vie nouvelle. Mais les salaires n'augmentaient plus. Ils avaient le loyer, les traites des meubles à payer. Obligés de regarder sur tout, demander des légumes aux parents (ils n'avaient pas de jardin), et au bout du compte, la même vie qu'avant. Ils la vivaient différemment. Tous deux, le même désir d'arriver, mais chez lui, plus de peur devant la lutte à entreprendre, de tentation de se résigner à sa condition, chez elle, de conviction qu'ils n'avaient rien à perdre et devaient tout faire pour s'en sortir « coûte que coûte ». Fière d'être ouvrière mais pas au point de le rester toujours, rêvant de la seule aventure à sa mesure : prendre un commerce d'alimentation. Il l'a suivie, elle était la volonté sociale du couple.

En 1931, ils ont acheté à crédit un débit de boissons et d'alimentation à Lillebonne, une cité ouvrière de 7 000 habitants, à vingt-cinq kilomètres d'Yvetot. Le café-épicerie était situé dans la Vallée, zone des filatures datant du dix-neuxième siècle, qui ordonnaient le temps et l'existence des gens de la naissance à la mort. Encore aujourd'hui, dire la Vallée d'avant-guerre, c'est tout dire, la plus forte concentration d'alcooliques et de filles mères, l'humidité ruisselant des murs et les nourrissons morts de diarrhée verte en deux heures. Ma mère avait vingt-cinq ans. C'est ici qu'elle a dû devenir elle, avec ce visage, ces goûts et ces façons d'être, que j'ai cru longtemps avoir toujours été les siens.

Le fonds ne suffisant pas à les faire vivre, mon père s'est embauché sur des chantiers de construction, plus tard dans une raffinerie de la Basse-Seine, où il est passé contremaître. Elle tenait seule le commerce.

Aussitôt, elle s'y est donnée avec passion, « toujours le sourire », « un petit mot pour chacun », une infinie patience : « J'aurais vendu des cailloux! » D'emblée, accordée à une misère industrielle qui ressemblait, en plus dur, à celle qu'elle avait connue, et consciente de la situation, gagner sa vie grâce à des gens qui ne la gagnaient pas eux-mêmes.

Sans doute, pas un moment à soi entre l'épicerie, le café, la cuisine, où s'est mise à grandir une petite fille, née peu après l'installation dans la Vallée. Ouvrir de six heures du matin (les femmes des filatures passant au lait) à onze heures du soir (les joueurs de cartes et de billard), être « dérangée » à n'importe quel moment par une clientèle habituée à revenir plusieurs fois dans la journée aux commissions. L'amertume de gagner à peine plus qu'une ouvrière et la hantise de ne pas « y arriver ». Mais aussi, un certain pouvoir – n'aidait-elle pas des familles à survivre en leur faisant crédit ? –, le plaisir de parler et d'écouter – tant de vies se racontaient à la boutique –, somme toute le bonheur d'un monde élargi.

Et elle « évoluait » aussi. Obligée d'aller partout (aux impôts, à la mairie), de voir les fournisseurs et les représentants, elle apprenait à se surveiller en parlant, elle ne sortait plus « en cheveux ». Elle a commencé de se demander avant d'acheter une robe si celle-ci avait « du chic ». L'espoir, puis la certitude de ne plus « faire campagne ». À côté de Delly et des ouvrages catholiques de Pierre l'Ermite, elle lisait Bernanos, Mauriac et les « histoires scabreuses » de Colette. Mon père n'évoluait pas aussi vite qu'elle, conservant la raideur timide de celui qui, ouvrier le jour, le soir ne se sent pas, en patron de café, à sa vraie place.

Il y a eu les années noires de la crise économique, les grèves, Blum, l'homme « qui était enfin pour l'ouvrier », les lois sociales, les fêtes tard dans la nuit au café, la famille de son côté à elle qui arrivait, on mettait des matelas dans toutes les pièces, qui repartait, avec des sacs bourrés de provisions (elle donnait facilement, et n'était-elle pas la seule à s'en être sortie?), les brouilles avec la famille de « l'autre côté ». La douleur. Leur petite fille était nerveuse et gaie. Sur une photo, elle apparaît grande pour son âge, les jambes menues, avec des genoux proéminents. Elle rit, une main au-dessus du front, pour ne pas avoir le soleil dans les yeux. Sur une autre, près d'une cousine en communiante, elle est sérieuse, jouant cependant avec ses doigts, écartés devant elle. En 1938, elle est morte de la diphtérie trois jours avant Pâques. Ils ne voulaient qu'un seul enfant pour qu'il soit plus heureux.

La douleur qui se recouvre, simplement le silence de la neurasthénie, les prières et la croyance d'une « petite sainte au ciel ». La vie à nouveau, au début de 1940, elle attendait un autre enfant. Je naîtrai en septembre.

Il me semble maintenant que j'écris sur ma mère pour, à mon tour, la mettre au monde.

Il y a deux mois que j'ai commencé, en écrivant sur une feuille « ma mère est morte le lundi sept avril ». C'est une phrase que je peux supporter désormais, et même lire sans éprouver une émotion différente de celle que j'aurais si cette phrase était de quelqu'un d'autre. Mais je ne supporte pas d'aller dans le quartier de l'hôpital et de la maison de retraite, ni de me rappeler brutalement des détails, que j'avais oubliés, du dernier jour où elle était vivante. Au début, je croyais que j'écrirais vite. En fait je passe beaucoup de temps à m'interroger sur l'ordre des choses à dire, le choix et l'agencement des mots, comme s'il existait un ordre idéal, seul capable de rendre une vérité concernant ma mère – mais je ne sais pas en quoi elle consiste – et rien d'autre ne compte pour moi, au moment où j'écris, que la découverte de cet ordre-là.

L'exode : elle est partie sur les routes jusqu'à Niort, avec des voisins, elle dormait dans des granges, buvait « du petit vin de là-bas », puis elle est revenue seule à bicyclette, en franchissant les barrages allemands, pour accoucher à la maison un mois après. Aucune peur, et si sale en arrivant que mon père ne l'a pas reconnue.

Sous l'Occupation, la Vallée s'est resserrée autour de leur épicerie, dans l'espérance du ravitaillement. Elle s'efforçait de nourrir tout le monde, surtout les familles nombreuses, son désir, son orgueil d'être bonne et utile. Durant les bombardements, elle ne voulait pas se réfugier dans les abris collectifs à flanc de colline, préférant « mourir chez elle ». L'après-midi, entre deux alertes, elle me promenait en poussette pour me fortifier. C'était le temps de l'amitié facile, sur les bancs du Jardin public elle se liait avec des jeunes femmes mesurées qui tricotaient devant le bac à sable, pendant que mon père gardait la boutique vide. Les Anglais, les Américains, sont entrés dans Lillebonne. Les tanks traversaient la Vallée, en jetant du chocolat et des sachets de poudre d'orange qu'on ramassait dans la poussière, tous les soirs le café plein de soldats, des rixes quelquefois, mais la fête, et savoir dire *shit for you.* Ensuite, elle racontait les années de guerre comme un roman, la grande aventure de sa vie. (Elle a tant aimé *Autant en emporte le vent.*) Peut-être, dans le malheur commun, une sorte de pause dans la lutte pour arriver, désormais inutile.

La femme de ces années-là était belle, teinte en rousse. Elle avait une grande voix large, criait souvent sur un ton terrible. Elle riait aussi beaucoup, d'un rire de gorge qui découvrait ses dents et ses gencives. Elle chantait en repassant, *Le temps des cerises*, *Riquita jolie fleur de Java,* elle portait des turbans, une robe d'été à grosses rayures bleues, une autre beige, molle et gaufrée. Elle se poudrait à la houppette devant la glace au-dessus de l'évier, se passait du rouge à lèvres en commençant par le petit cœur du milieu, se parfumait derrière l'oreille. Pour agrafer son corset, elle se tournait vers le mur. Sa peau sortait entre les lacets croisés, attachés en bas par un nœud et une rosette. Rien de son corps ne m'a échappé. Je croyais qu'en grandissant je serais elle.

Un dimanche, ils pique-niquent au bord d'un talus, près d'un bois. Souvenir d'être entre eux, dans un nid de voix et de chair, de rires continuels. Au retour, nous sommes pris dans un bombardement, je suis sur la barre du vélo de mon père et elle descend la côte devant nous, droite sur la selle enfoncée dans ses fesses. J'ai peur des obus et qu'elle meure. Il me semble que nous étions tous les deux amoureux de ma mère.

En 1945, ils ont quitté la Vallée, où je toussais sans arrêt et ne me développais pas à cause des brouillards, et ils sont revenus à Yvetot. L'après-guerre était plus difficile à vivre que la guerre. Les restrictions continuaient et les « enrichis au marché noir » faisaient surface. Dans l'attente d'un autre fonds de commerce, elle me promenait dans les rues du centre détruit bordées de décombres, m'emmenait prier à la chapelle installée dans une salle de spectacle, en remplacement de l'église, brûlée. Mon père travaillait à reboucher les trous de bombes, ils habitaient deux pièces sans électricité, avec les meubles démontés rangés contre les murs.

Trois mois après, elle revivait, patronne d'un café-alimentation semi-rural, dans un quartier épargné par la guerre, à l'écart du centre. Juste une minuscule cuisine et, à l'étage, une chambre et deux mansardes, pour manger et dormir en dehors du regard des clients. Mais une grande cour, des hangars pour remiser le bois, le foin et la paille, un pressoir, et surtout une clientèle qui payait davantage comptant. Tout en servant au café, mon père cultivait son jardin, élevait des poules et des lapins, faisait du cidre qu'on vendait aux clients. Après avoir été ouvrier pendant vingt ans, il est retourné à un mode de vie à demi paysan. Elle s'occupait de l'épicerie, des commandes et des comptes, maîtresse de l'argent. Ils sont parvenus peu à peu à une situation supérieure à celle des ouvriers autour d'eux, réussissant par exemple à devenir propriétaires des murs du commerce et d'une petite maison basse contiguë.

Les premiers étés, aux congés, d'anciens clients de Lillebonne venaient les voir, par familles entières, en car. On s'embrassait et on pleurait. On assemblait bout à bout les tables du café pour manger, on chantait et on rappelait l'Occupation. Puis ils ont cessé de venir au début des années cinquante. Elle disait, « c'est le passé, il faut aller de l'avant ».

Images d'elle, entre quarante et quarante-six ans : un matin d'hiver, elle ose entrer dans la classe pour réclamer à la maîtresse qu'on retrouve l'écharpe de laine que j'ai oubliée dans les toilettes et qui a coûté cher (j'ai su longtemps le prix).

un été, au bord de la mer, elle pêche des moules à Veules-les-Roses, avec une belle-sœur plus jeune. Sa robe, mauve à rayures noires, est relevée et nouée par-devant. Plusieurs fois, elles vont boire des apéritifs et manger des gâteaux dans un café installé dans un baraquement près de la plage, elles rient sans arrêt.

à l'église, elle chantait à pleine voix le cantique à la Vierge, *J'irai la voir un jour, au ciel, au ciel.* Cela me donnait envie de pleurer et je la détestais.

elle avait des robes vives et un tailleur noir en « grain de poudre », elle lisait *Confidences* et *La Mode du jour.* Elle mettait ses serviettes avec du sang dans un coin du grenier, jusqu'au mardi de la lessive.

quand je la regardais trop, elle s'énervait, « tu veux m'acheter? ».

le dimanche après-midi, elle se couchait en combinaison, avec ses bas. Elle me laissait venir dans le lit à côté d'elle. Elle s'endormait vite, je lisais, blottie contre son dos.

à un repas de communion, elle a été saoule et elle a vomi à côté de moi. À chaque fête, ensuite, je surveillais son bras allongé sur la table, tenant le verre, en désirant de toutes mes forces qu'elle ne le lève pas.

Elle était devenue très forte, quatre-vingt-neuf kilos. Elle mangeait beaucoup, gardait toujours des morceaux de sucre dans la poche de sa blouse. Pour maigrir, elle s'est procuré des pilules dans une pharmacie de Rouen, en cachette de mon père. Elle s'est privée de pain, de beurre, mais n'a perdu que dix kilos.

Elle claquait les portes, elle cognait les chaises en les empilant sur les tables pour balayer. Tout ce qu'elle faisait, elle le faisait avec bruit. Elle ne posait pas les objets, mais semblait les jeter.

À sa figure, on voyait tout de suite si elle était contrariée. En famille, elle disait ce qu'elle pensait en paroles abruptes. Elle m'appelait chameau, souillon, petite garce, ou simplement « déplaisante ». Elle me battait facilement, des gifles surtout, parfois des coups de poing sur les épaules (« je l'aurais tuée si je ne m'étais pas retenue! »). Cinq minutes après, elle me serrait contre elle et j'étais sa « poupée ».

Elle m'offrait des jouets et des livres à la moindre occasion, fête, maladie, sortie en ville. Elle me conduisait chez le dentiste, le spécialiste des bronches, elle veillait à m'acheter de bonnes chaussures, des vêtements chauds, toutes les fournitures scolaires réclamées par la maîtresse (elle m'avait mise au pensionnat, non à l'école communale). Quand je remarquais qu'une camarade avait par exemple une ardoise incassable, elle me demandait aussitôt si j'avais envie d'en avoir une : « Je ne voudrais pas qu'on dise que tu es moins bien que les autres. » Son désir le plus profond était de me donner tout ce qu'elle n'avait pas eu. Mais cela représentait pour elle un tel effort de travail, tant de soucis d'argent, et une préoccupation du bonheur des enfants si nouvelle par rapport à l'éducation d'autrefois, qu'elle ne pouvait s'empêcher de constater : « Tu nous coûtes cher » ou « Avec tout ce que tu as, tu n'es pas encore heureuse ! ».

J'essaie de ne pas considérer la violence, les débordements de tendresse, les reproches de ma mère comme seulement des traits personnels de caractère, mais de les situer aussi dans son histoire et sa condition sociale. Cette façon d'écrire, qui me semble aller dans le sens de la vérité, m'aide à sortir de la solitude et de l'obscurité du souvenir individuel, par la découverte d'une signification plus générale. Mais je sens que quelque chose en moi résiste, voudrait conserver de ma mère des images purement affectives, chaleur ou larmes, sans leur donner de sens.

Elle était une mère commerçante, c'est-à-dire qu'elle appartenait d'abord aux clients qui nous « faisaient vivre ». Il était défendu de la déranger quand elle servait (attentes derrière la porte séparant la boutique de la cuisine, pour avoir du fil à broder, la permission d'aller jouer, etc.). Si elle entendait trop de bruit, elle surgissait, donnait des claques sans un mot et repartait servir. Très tôt, elle m'a associée au respect des règles à observer vis-à-vis des clients – dire bonjour d'une voix claire, ne pas manger, ne pas se disputer devant eux, ne critiquer personne – ainsi qu'à la méfiance qu'ils devaient inspirer, ne jamais croire ce qu'ils racontent, les surveiller discrètement quand ils sont seuls dans le magasin. Elle avait deux visages, l'un pour la clientèle, l'autre pour nous. Au coup de sonnette, elle entrait en scène, souriante, la voix patiente pour des questions rituelles sur la santé, les enfants, le jardin. Revenue dans la cuisine, le sourire s'effaçait, elle restait un moment sans parler, épuisée par un rôle où s'unissaient la jubilation et l'amertume de déployer tant d'efforts pour des gens qu'elle soupçonnait d'être prêts à la quitter s'ils « trouvaient moins cher ailleurs ».

C'était une mère que tout le monde

connaissait, publique en somme. Au pensionnat, quand on m'envoyait au tableau : « Si votre maman vend dix paquets de café à tant » et ainsi de suite (évidemment, jamais cet autre cas, aussi réel, « si votre maman sert trois apéritifs à tant »).

Elle n'avait jamais le temps, de faire la cuisine, tenir la maison « comme il faudrait », bouton recousu sur moi juste avant le départ pour l'école, chemisier qu'elle repassait sur un coin de table au moment de le mettre. À cinq heures du matin, elle frottait le carrelage et déballait les marchandises, en été elle sarclait les plates-bandes de rosiers, avant l'ouverture. Elle travaillait avec force et rapidité, tirant sa plus grande fierté de tâches dures, contre lesquelles pourtant elle pestait, la lessive du gros linge, le décapage du parquet de la chambre à la paille de fer. Il lui était impossible de se reposer et de lire sans une justification, comme « j'ai bien mérité de m'asseoir » (et encore, elle cachait son feuilleton, interrompu par une cliente, sous une pile de vêtements à raccommoder). Les disputes entre mon père et elle n'avaient qu'un seul sujet, la quantité de travail qu'ils fournissaient l'un par rapport à l'autre. Elle protestait, « c'est moi qui fais tout ici ».

Mon père lisait seulement le journal de la région. Il refusait d'aller dans les endroits où il ne se sentait pas à « sa place » et de beaucoup de choses, il disait qu'elles n'étaient pas pour lui. Il aimait le jardin, les dominos, les cartes, le bricolage. Il lui était indifférent de « bien parler » et il continuait d'utiliser des tournures de patois. Ma mère, elle, tâchait d'éviter les fautes de français, elle ne disait pas « mon mari », mais « mon époux ». Elle hasardait quelquefois dans la conversation des expressions dont on n'avait pas l'habitude, qu'elle avait lues ou entendu dire par des « gens bien ». Son hésitation, sa rougeur même, par peur de se tromper, rires de mon père qui la chinait ensuite sur ses « grands mots ». Une fois sûre d'elle, elle se plaisait à les répéter, en souriant s'il s'agissait de comparaisons qu'elle sentait littéraires (« il porte son cœur en écharpe! » ou « nous ne sommes que des oiseaux de passage... ») comme pour en atténuer la prétention dans sa bouche. Elle aimait le « beau », ce qui fait « habillé », le magasin du Printemps, plus « chic » que les Nouvelles Galeries. Naturellement, aussi impressionnée que lui par les tapis et les tableaux du cabinet de l'oculiste, mais voulant toujours surmonter sa gêne. Une de ses expressions fréquentes : « Je me suis payée de toupet » (pour faire telle ou telle chose). Aux remarques de mon père sur une toilette neuve, son maquillage soigneux avant de sortir, elle répondait avec vivacité : « Il faut bien tenir son rang! »

Elle désirait apprendre : les règles du savoir-vivre (tant de crainte d'y manquer, d'incertitude continuelle sur les usages), ce qui se fait, les nouveautés, les noms des grands écrivains, les films sortant sur les écrans (mais elle n'allait pas au cinéma, faute de temps), les noms des fleurs dans les jardins. Elle écoutait avec attention tous les gens qui parlaient de ce qu'elle ignorait, par curiosité, par envie de montrer qu'elle était ouverte aux connaissances. S'élever, pour elle, c'était d'abord apprendre (elle disait, « il faut meubler son esprit ») et rien n'était plus beau que le savoir. Les livres étaient les seuls objets qu'elle manipulait avec précaution. Elle se lavait les mains avant de les toucher.

Elle a poursuivi son désir d'apprendre à travers moi. Le soir, à table, elle me faisait parler de mon école, de ce qu'on m'enseignait, des professeurs. Elle avait plaisir à employer mes expressions, la « récré », les « compos » ou la « gym ». Il lui semblait normal que je la « reprenne » quand elle avait dit un « mot de travers ». Elle ne me demandait plus si je voulais « faire collation », mais « goûter ». Elle m'emmenait voir à Rouen des monuments historiques et le musée, à Villequier les tombes de la famille Hugo.

Toujours prête à admirer. Elle lisait les livres que je lisais, conseillés par le libraire. Mais parcourant aussi parfois *Le Hérisson* oublié par un client et riant : « C'est bête et on le lit quand même ! » (En allant avec moi au musée, peut-être éprouvait-elle moins la satisfaction de regarder des vases égyptiens que la fierté de me pousser vers des connaissances et des goûts qu'elle savait être ceux des gens cultivés. Les gisants de la cathédrale, Dickens et Daudet au lieu de *Confidences*, abandonné un jour, c'était, sans doute, davantage pour mon bonheur que pour le sien.)

Je la croyais supérieure à mon père, parce qu'elle me paraissait plus proche que lui des maîtresses et des professeurs. Tout en elle, son autorité, ses désirs et son ambition, allait dans le sens de l'école. Il y avait entre nous une connivence autour de la lecture, des poésies que je lui récitais, des gâteaux au salon de thé de Rouen, dont il était exclu. Il me conduisait à la foire, au cirque, aux films de Fernandel, il m'apprenait à monter à vélo, à reconnaître les légumes du jardin. Avec lui je m'amusais, avec elle j'avais des « conversations ». Des deux, elle était la figure dominante, la loi.

Des images plus crispées d'elle, allant vers la cinquantaine. Toujours vive et forte, généreuse, des cheveux blonds ou roux, mais un visage souvent contrarié quand elle n'était plus obligée de sourire aux clients. Une tendance à se servir d'un incident ou d'une réflexion anodine pour épuiser sa colère contre leurs conditions de vie (le petit commerce de quartier était menacé par les magasins neufs du centre-ville reconstruit), à se fâcher avec ses frères et sœurs. Après la mort de ma grand-mère, elle a gardé longtemps le deuil et pris l'habitude d'aller à la messe en semaine, de bonne heure. Quelque chose de « romanesque » en elle s'est évanoui.

1952. L'été de ses quarante-six ans. Nous sommes venues en car à Étretat passer la journée. Elle grimpe sur la falaise à travers les herbes, dans sa robe de crêpe bleu à grandes fleurs, qu'elle a enfilée derrière les rochers à la place de son tailleur de deuil mis pour partir à cause des gens du quartier. Elle arrive après moi au sommet, à bout de souffle, la figure brillante de sueur par-dessus la poudre. Elle ne voyait plus ses règles depuis deux mois.

À l'adolescence, je me suis détachée d'elle et il n'y a plus eu que la lutte entre nous deux.

Dans le monde où elle avait été jeune, l'idée même de la liberté des filles ne se posait pas, sinon en termes de perdition. On ne parlait de la sexualité que sur le mode de la grivoiserie interdite aux « jeunes oreilles » ou du jugement social, avoir bonne ou mauvaise conduite. Elle ne m'a jamais rien dit et je n'aurais pas osé lui demander quoi que ce soit, la curiosité étant déjà considérée comme le début du vice. Mon angoisse, le moment venu, de lui avouer que j'avais mes règles, prononcer pour la première fois le mot devant elle, et sa rougeur en me tendant une garniture, sans m'expliquer la façon de la mettre.

Elle n'a pas aimé me voir grandir. Lorsqu'elle me voyait déshabillée, mon corps semblait la dégoûter. Sans doute, avoir de la poitrine, des hanches signifiait une menace, celle que je coure après les garçons et ne m'intéresse plus aux études. Elle essayait de me conserver enfant, disant que j'avais treize ans à une semaine de mes quatorze ans, me faisant porter des jupes plissées, des socquettes et des chaussures plates. Jusqu'à dix-huit ans, presque toutes nos disputes ont tourné autour de l'interdiction de sortir, du choix des vêtements (son désir répété, par exemple, que j'aie une gaine au-dehors, « tu serais mieux habillée »). Elle entrait dans une colère disproportionnée, en apparence, au sujet : « Tu ne vas TOUT DE MÊME PAS sortir comme ça » (avec cette robe, cette coiffure, etc.) mais qui me paraissait normale. Nous savions toutes les deux à quoi nous en tenir : elle, sur mon désir de plaire aux garçons, moi, sur sa hantise qu'il « m'arrive un malheur », c'est-à-dire coucher avec n'importe qui et tomber enceinte.

Quelquefois, je m'imaginais que sa mort ne m'aurait rien fait.

En écrivant, je vois tantôt la « bonne » mère, tantôt la « mauvaise ». Pour échapper à ce balancement venu du plus loin de l'enfance, j'essaie de décrire et d'expliquer comme s'il s'agissait d'une autre mère et d'une fille qui ne serait pas moi. Ainsi, j'écris de la manière la plus neutre possible, mais certaines expressions (« s'il t'arrive un malheur! ») ne parviennent pas à l'être pour moi, comme le seraient d'autres, abstraites (« refus du corps et de la sexualité » par exemple). Au moment où je me les rappelle, j'ai la même sensation de découragement qu'à seize ans, et, fugitivement, je confonds la femme qui a le plus marqué ma vie avec ces mères africaines serrant les bras de leur petite fille derrière son dos, pendant que la matrone exciseuse coupe le clitoris.

Elle a cessé d'être mon modèle. Je suis devenue sensible à l'image féminine que je rencontrais dans *L'Écho de la Mode* et dont se rapprochaient les mères de mes camarades petites-bourgeoises du pensionnat : minces, discrètes, sachant cuisiner et appelant leur fille « ma chérie ». Je trouvais ma mère voyante. Je détournais les yeux quand elle débouchait une bouteille en la maintenant entre ses jambes. J'avais honte de sa manière brusque de parler et de se comporter, d'autant plus vivement que je sentais combien je lui ressemblais. Je lui faisais grief d'être ce que, en train d'émigrer dans un milieu différent, je cherchais à ne plus paraître. Et je découvrais qu'entre le désir de se cultiver et le fait de l'être, il y avait un gouffre. Ma mère avait besoin du dictionnaire pour dire qui était Van Gogh, des grands écrivains, elle ne connaissait que le nom. Elle ignorait le fonctionnement de mes études. Je l'avais trop admirée pour ne pas lui en vouloir, plus qu'à mon père, de ne pas pouvoir m'accompagner, de me laisser sans secours dans le monde de l'école et des amies avec salon-bibliothèque, n'ayant à m'offrir pour bagage que son inquiétude et sa suspicion, « avec qui étais-tu, est-ce que tu travailles au moins ».

Nous nous adressions l'une à l'autre sur un ton de chamaillerie en toutes circonstances. J'opposais le silence à ses tentatives pour maintenir l'ancienne complicité (« on peut tout dire à sa mère ») désormais impossible : si je lui parlais de désirs qui n'avaient pas trait aux études (voyages, sports, surboums) ou discutais de politique (c'était la guerre d'Algérie), elle m'écoutait d'abord avec plaisir, heureuse que je la prenne pour confidente, et d'un seul coup, avec violence : « Cesse de te monter la tête avec tout ça, l'école en premier. »

Je me suis mise à mépriser les conventions sociales, les pratiques religieuses, l'argent. Je recopiais des poèmes de Rimbaud et de Prévert, je collais des photos de James Dean sur la couverture de mes cahiers, j'écoutais *La mauvaise réputation* de Brassens, je m'ennuyais. Je vivais ma révolte adolescente sur le mode romantique comme si mes parents avaient été des bourgeois. Je m'identifiais aux artistes incompris. Pour ma mère, se révolter n'avait eu qu'une seule signification, refuser la pauvreté, et qu'une seule forme, travailler, gagner de l'argent et devenir aussi bien que les autres. D'où ce reproche amer, que je ne comprenais pas plus qu'elle ne comprenait mon attitude : « Si on t'avait fichue en usine à douze ans, tu ne serais pas comme ça. Tu ne connais pas ton bonheur ». Et encore, souvent, cette réflexion de colère à mon égard : « Ça va au pensionnat et ça ne vaut pas plus cher que d'autres ».

À certains moments, elle avait dans sa fille en face d'elle, une ennemie de classe.

Je ne rêvais que de partir. Elle a accepté de me laisser aller au lycée de Rouen, plus tard à Londres. Prête à tous les sacrifices pour que j'aie une vie meilleure que la sienne, même le plus grand, que je me sépare d'elle. Loin de son regard, je suis descendue au fond de ce qu'elle m'avait interdit, puis je me suis gavée de nourriture, puis j'ai cessé de manger pendant des semaines, jusqu'à l'éblouissement, avant de savoir être libre. J'ai oublié nos conflits. Étudiante à la fac de lettres, j'avais d'elle une image épurée, sans cris ni violence. J'étais certaine de son amour et de cette injustice : elle servait des pommes de terre et du lait du matin au soir pour que je sois assise dans un amphi à écouter parler de Platon.

J'étais contente de la revoir, elle ne me manquait pas. Je revenais près d'elle surtout quand j'étais malheureuse à cause d'histoires sentimentales que je ne pouvais pas lui dire, même si, maintenant, elle me confiait en chuchotant les fréquentations ou la fausse couche d'une telle : il était comme convenu que j'avais l'âge d'entendre ces choses mais qu'elles ne me concerneraient jamais.

Quand j'arrivais, elle était derrière le comptoir. Les clientes se retournaient. Elle rougissait un peu et souriait. On s'embrassait seulement dans la cuisine, une fois la dernière cliente partie. Des questions sur le trajet, les études et « tu me donneras tes affaires à laver », « je t'ai gardé tous les journaux depuis ton départ ». Entre nous, la gentillesse, presque la timidité de ceux qui ne vivent plus ensemble. Pendant des années, je n'ai eu avec elle que des retours.

Mon père a été opéré de l'estomac. Il se fatiguait vite et n'avait plus la force de soulever les casiers. Elle s'en chargeait et travaillait pour deux sans se plaindre, presque avec satisfaction. Depuis que je n'étais plus là, ils se disputaient moins, elle se rapprochait de lui, l'appelait souvent « mon père » affectueusement, plus conciliante à l'égard de ses habitudes, comme fumer, « il faut bien qu'il ait un petit plaisir ». Les dimanches d'été, ils se promenaient en voiture dans la campagne ou rendaient visite à des cousins. L'hiver, elle allait aux vêpres puis dire bonjour à de vieilles personnes. Elle rentrait par le centre-ville, s'attardant à regarder la télévision sous une galerie marchande où se rassemblait la jeunesse après le cinéma.

Les clients disaient encore qu'elle était belle femme. Toujours des cheveux teints, des talons hauts, mais du duvet sur le menton, qu'elle brûlait en cachette, des lunettes à double foyer. (Amusement, secret contentement de mon père la voyant rattraper, par ces signes, les années qu'elle avait de moins que lui.) Elle ne portait plus de robes légères aux couleurs éclatantes, seulement des tailleurs gris ou noirs, même l'été. Pour avoir plus d'aise, elle ne rentrait pas son chemisier à l'intérieur de sa jupe.

Jusqu'à vingt ans, j'ai pensé que c'était moi qui la faisais vieillir.

On ne sait pas que j'écris sur elle. Mais je n'écris pas sur elle, j'ai plutôt l'impression de vivre avec elle dans un temps, des lieux, où elle est vivante. Quelquefois, dans la maison, il m'arrive de tomber sur des objets qui lui ont appartenu, avant-hier son dé à coudre, qu'elle mettait à son doigt tordu par une machine, à la corderie. Aussitôt le sentiment de sa mort me submerge, je suis dans le vrai temps où elle ne sera plus jamais. Dans ces conditions, « sortir » un livre n'a pas de signification, sinon celle de la mort définitive de ma mère. Envie d'injurier ceux qui me demandent en souriant, « c'est pour quand votre prochain livre ? ».

Même vivant loin d'elle, tant que je n'étais pas mariée, je lui appartenais encore. À la famille, aux clients, qui la questionnaient sur moi, elle répondait : « Elle a bien le temps de se marier. À son âge, elle n'est pas perdue », se récriant aussitôt, « je ne veux pas la garder. C'est la vie d'avoir un mari et des enfants ». Elle a tremblé et rougi lorsque je lui ai appris, un été, mon projet de mariage avec un étudiant en sciences politiques de Bordeaux, cherchant des empêchements, retrouvant la méfiance paysanne qu'elle jugeait pourtant arriérée : « Ce n'est pas un garçon de par chez nous. » Puis, plus tranquille, même contente, dans une petite ville où le mariage constitue un repère essentiel pour situer les gens, on ne pourrait pas dire que j'avais « pris un ouvrier ». Une nouvelle forme de complicité nous a réunies autour des cuillers, de la batterie de casseroles à acheter, des préparatifs du « grand jour », plus tard autour des enfants. Il n'y en aura plus d'autre entre nous.

Mon mari et moi, nous avions le même niveau d'études, nous discutions de Sartre et de la liberté, nous allions voir *L'Avventura* d'Antonioni, nous avions les mêmes opinions politiques de gauche, nous n'étions pas originaires du même monde. Dans le sien, on n'était pas vraiment riche, mais on était allé à l'université, on s'exprimait bien sur tout, on jouait au bridge. La mère de mon mari, du même âge que la mienne, avait un corps resté mince, un visage lisse, des mains soignées. Elle savait déchiffrer n'importe quel morceau de piano et « recevoir » (type de femmes que l'on voit dans les pièces de boulevard à la télévision, la cinquantaine, rang de perles sur une blouse de soie, « délicieusement naïves »).

À l'égard de ce monde, ma mère a été partagée entre l'admiration que la bonne éducation, l'élégance et la culture lui inspiraient, la fierté de voir sa fille en faire partie et la peur d'être, sous les dehors d'une exquise politesse, méprisée. Toute la mesure de son sentiment d'indignité, indignité dont elle ne me dissociait pas (peut-être fallait-il encore une génération pour l'effacer), dans cette phrase qu'elle m'a dite, la veille de mon mariage : « Tâche de bien tenir ton ménage, il ne faudrait pas qu'il te *renvoie.* » Et, parlant de ma belle-mère, il y a quelques années : « On voit bien que c'est une femme qui n'a pas été élevée comme *nous.* »

Craignant de ne pas être aimée pour elle-même, elle a espéré l'être pour ce qu'elle donnerait. Elle a voulu nous aider financièrement pendant notre dernière année d'études, plus tard s'inquiétant toujours de ce qu'il nous ferait plaisir d'avoir. L'autre famille avait de l'humour, de l'originalité, elle ne se croyait obligée à rien.

Nous sommes partis à Bordeaux, puis Annecy, où mon mari a obtenu un poste de cadre administratif. Entre les cours dans un lycée de montagne à quarante kilomètres, un enfant et la cuisine, je suis devenue à mon tour une femme qui n'a pas le temps. Je ne pensais guère à ma mère, elle était aussi loin que ma vie d'avant le mariage. Je répondais brièvement aux lettres qu'elle nous envoyait tous les quinze jours, qui commençaient par « bien chers enfants », et où elle regrettait sans cesse d'être trop loin pour nous aider. Je la retrouvais une fois par an, quelques jours en été. Je décrivais Annecy, l'appartement, les stations de ski. Avec mon père, elle constatait, « vous êtes bien, c'est le principal ». En tête à tête toutes les deux, elle semblait désireuse que je lui fasse des confidences sur mon mari et mes relations avec lui, déçue, à cause de mon silence, de ne pouvoir répondre à cette question qui devait, plus que tout, la hanter, « est-ce qu'au moins il la rend heureuse ? ».

En 1967, mon père est mort d'un infarctus en quatre jours. Je ne peux pas décrire ces moments parce que je l'ai déjà fait dans un autre livre, c'est-à-dire qu'il n'y aura jamais aucun autre récit possible, avec d'autres mots, un autre ordre des phrases. Dire seulement que je revois ma mère lavant la figure de mon père après sa mort, lui enfilant les manches d'une chemise propre, son costume du dimanche. En même temps elle le berçait de mots gentils comme un petit enfant qu'on nettoie et qu'on endort. Devant ses gestes simples et précis, j'ai pensé qu'elle avait toujours su qu'il mourrait avant elle. Le premier soir, elle s'est encore couchée dans le lit à côté de lui. Jusqu'à ce que les pompes funèbres l'emportent, elle montait le voir entre deux clients, de la même manière que pendant les quatre jours de maladie.

Après l'enterrement, elle a paru lasse et triste, m'avouant : « C'est dur de perdre son compagnon. » Elle a continué de tenir le commerce comme avant. (Je viens de lire dans un journal, « le désespoir est un luxe ». Ce livre que j'ai le temps et le moyen d'écrire depuis que j'ai perdu ma mère est sans doute aussi du luxe.)

Elle voyait davantage la famille, bavardait de longues heures avec des jeunes femmes dans la boutique, fermait plus tard le café, fréquenté par davantage de jeunesse. Elle mangeait beaucoup, à nouveau très forte, et volubile, avec une tendance à se livrer comme une jeune fille, flattée de me dire que deux veufs s'étaient intéressés à elle. En Mai 68, au téléphone : « Ça bouge ici aussi, ça bouge! » Puis, l'été suivant, du côté de la remise en ordre (indignée, plus tard, que les gauchistes dévastent, à Paris, l'épicerie Fauchon, qu'elle se représentait semblable à la sienne, en plus grand seulement).

Dans les lettres, elle affirmait qu'elle n'avait pas le temps de s'ennuyer. Mais elle n'avait au fond qu'une seule espérance, vivre avec moi. Un jour, avec timidité, « si j'allais chez toi, je pourrais m'occuper de ta maison ».

À Annecy, je pensais à elle avec culpabilité. Nous habitions une « grande maison bourgeoise », nous avions un second enfant : elle ne « profitait » de rien. Je l'imaginais avec ses petits-fils, au milieu d'une existence confortable que, je croyais, elle apprécierait puisqu'elle l'avait voulue pour moi. En 1970, elle a vendu son fonds, qui ne trouvait aucun acquéreur, comme une maison particulière et elle est venue chez nous.

C'était une journée douce de janvier. Elle est arrivée dans l'après-midi, avec le camion de déménagement, pendant que j'étais au collège. En rentrant, je l'ai aperçue dans le jardin, serrant son petit-fils d'un an dans les bras, surveillant le transport des meubles et des cartons de conserves qui lui restaient. Ses cheveux étaient tout blancs, elle riait, débordante de vitalité. De loin, elle m'a crié : « Tu n'es pas en retard ! » D'un seul coup, je me suis dit avec accablement, « maintenant je vais vivre toujours devant elle ».

Au début, elle a été moins heureuse que prévu. Du jour au lendemain, sa vie de commerçante était finie, la peur des échéances, la fatigue, mais aussi le va-et-vient et les conversations de la clientèle, l'orgueil de gagner « son » argent. Elle n'était plus que « grand-mère », personne ne la connaissait dans la ville et elle n'avait que nous à qui parler. Brutalement, l'univers était morne et rétréci, elle ne se sentait plus rien.

Et cela : vivre chez ses enfants, c'était partager un mode d'existence dont elle était fière (à la famille : « Ils ont une belle situation! »). C'était aussi ne pas faire sécher les torchons sur le radiateur de l'entrée, « prendre soin des choses » (disques, vases de cristal), avoir de l'« hygiène » (ne pas moucher les enfants avec son propre mouchoir). Découvrir qu'on n'accordait pas d'importance à ce qui en avait pour elle, les faits divers, crimes, accidents, les bonnes relations avec le voisinage, la peur continuelle de « déranger » les gens (rires, même, qui la choquaient, à propos de ces préoccupations). C'était vivre à l'intérieur d'un monde qui l'accueillait d'un côté et l'excluait de l'autre. Un jour, avec colère : « Je ne fais pas bien dans le tableau. »

Donc elle ne répondait pas au téléphone quand il sonnait près d'elle, frappait d'une manière ostensible avant de pénétrer dans le salon où son gendre regardait un match à la télé, réclamait sans cesse du travail, « si on ne me donne rien à faire, je n'ai plus qu'à m'en aller » et, en riant à moitié, « il faut bien que je paye ma place! ». Nous avions des scènes toutes les deux à propos de cette attitude, je lui reprochais de s'humilier exprès. J'ai mis longtemps à comprendre que ma mère ressentait dans ma propre maison le malaise qui avait été le mien, adolescente, dans les « milieux mieux que nous » (comme s'il n'était donné qu'aux « inférieurs » de souffrir de différences que les autres estiment sans importance). Et qu'en feignant de se considérer comme une employée, elle transformait instinctivement la domination culturelle, réelle, de ses enfants lisant *Le Monde* ou écoutant Bach, en une domination économique, imaginaire, de patron à ouvrier : une façon de se révolter.

Elle s'est acclimatée, trouvant à déployer son énergie et son enthousiasme dans la prise en charge de ses petits-enfants et d'une partie de l'entretien de la maison. Elle cherchait à me libérer de toutes les tâches matérielles, regrettait de devoir me laisser faire la cuisine et les courses, mettre en route la machine à laver, dont elle craignait de se servir : désireuse de ne pas partager le seul domaine où elle était reconnue, où elle se savait utile. Comme autrefois, elle était la mère qui refuse qu'on l'aide, avec la même réprobation de me voir travailler de mes mains, « laisse ça, tu as mieux à t'occuper » (c'est-à-dire, apprendre mes leçons quand j'avais dix ans, maintenant préparer mes cours, me conduire en intellectuelle).

À nouveau, nous nous adressions la parole sur ce ton particulier, fait d'agacement et de grief perpétuel, qui faisait toujours croire, à tort, que nous nous disputions et que je reconnaîtrais, entre une mère et une fille, dans n'importe quelle langue.

Elle adorait ses petits-fils et se vouait à eux sans limites. L'après-midi, elle partait explorer la ville avec le plus petit dans sa poussette. Elle entrait dans les églises, passait des heures à la fête foraine, flânait dans les vieux quartiers et ne rentrait qu'à la nuit. L'été, elle montait avec les deux enfants sur la colline d'Annecy-le-Vieux, les emmenait au bord du lac, comblait leur désir de bonbons, de glaces et tours de manège. Sur les bancs, elle liait connaissance avec des gens qu'elle retrouvait ensuite régulièrement, elle bavardait avec la boulangère de la rue, elle se recréait son univers.

Et elle lisait *Le Monde* et *Le Nouvel Observateur*, elle allait chez une amie « prendre le thé » (en riant, « je n'aime pas ça mais je ne dis rien ! »), elle s'intéressait aux antiquités (« ça doit avoir de la valeur »). Il ne lui échappait plus aucun gros mot, elle s'efforçait de manipuler « doucement » les choses, bref, se « surveillant », rognant d'elle-même sa violence. Fière, même, de conquérir sur le tard ce savoir inculqué dès la jeunesse aux femmes bourgeoises de sa génération, la tenue parfaite d'un « intérieur ».

Elle ne portait plus maintenant que des couleurs claires, jamais de noir.

Sur une photo de septembre 1971, elle est rayonnante sous ses cheveux très blancs, plus mince qu'avant dans un chemisier Rodier imprimé d'arabesques. Elle couvre de ses mains les épaules de ses petits-fils placés devant elle. Ce sont les mêmes mains larges et repliées que sur sa photo de jeune mariée.

Au milieu des années soixante-dix, elle nous a suivis en région parisienne, dans une ville nouvelle en pleine construction, où mon mari avait obtenu un poste plus important. Nous habitions un pavillon dans un lotissement neuf, au milieu d'une plaine. Les commerces et les écoles étaient à deux kilomètres. On ne voyait les habitants que le soir. Pendant le week-end, ils lavaient la voiture et montaient des étagères dans le garage. C'était un endroit vague et sans regard où l'on se sentait flotter, privé de sentiments et de pensée.

Elle ne s'habituait pas à vivre là. L'après-midi, elle se promenait rue des Roses et des Jonquilles, des Bleuets, vides. Elle écrivait de nombreuses lettres à ses amies d'Annecy, à la famille. Quelquefois, elle poussait jusqu'au centre Leclerc, de l'autre côté de l'autoroute, par des voies défoncées où les voitures en passant l'éclaboussaient. Elle rentrait, le visage fermé. Dépendre de moi et de ma voiture pour le moindre de ses besoins, une paire de bas, la messe ou le coiffeur, lui pesait. Elle devenait irritable, protestait, « on ne peut pas toujours lire! ». L'installation d'un lave-vaisselle, en lui enlevant une occupation, l'avait presque humiliée, « qu'est-ce que je vais faire maintenant? ». Dans le lotissement, elle ne parlait qu'à une seule femme, une Antillaise, employée de bureau.

Au bout de six mois, elle a décidé de revenir, une fois encore, à Yvetot. Elle a emménagé dans un studio de plain-pied pour personnes âgées, à proximité du centre. Heureuse d'être à nouveau indépendante, de retrouver la dernière de ses sœurs – les autres étaient mortes –, d'anciennes clientes, des nièces mariées qui l'invitaient aux fêtes et aux communions. Elle empruntait des livres à la bibliothèque municipale, partait à Lourdes, en octobre, avec le pèlerinage diocésain. Mais aussi, peu à peu, la répétition obligée de tout dans une vie sans emploi, l'agacement de n'avoir pour voisins que des vieux (son refus violent de participer aux activités du « club du troisième âge »), et sûrement, cette secrète insatisfaction : les gens de la ville où elle avait vécu cinquante ans, les seuls au fond qu'elle aurait voulu rendre témoins de la réussite de sa fille et de son gendre, ne constateraient jamais celle-ci de leurs propres yeux.

Le studio sera sa dernière habitation à elle. Une pièce un peu sombre, avec un coin-cuisine ouvrant sur un jardinet, un renfoncement pour le lit et la table de chevet, une salle de bains, un interphone pour communiquer avec la gardienne de la résidence. C'était un espace qui raccourcissait tous les gestes, où d'ailleurs il n'y avait rien à faire, qu'être assise, regarder la télévision, attendre de commencer le dîner. À chaque fois que j'allais la voir, elle répétait en regardant autour d'elle : « Je serais bien difficile si je me plaignais. » Elle me paraissait encore trop jeune pour être là.

On déjeunait l'une en face de l'autre. Au début, nous avions eu tant de choses à nous dire, la santé, les résultats scolaires des garçons, les nouveaux magasins, les vacances, nous nous coupions la parole, et très vite, le silence. À son habitude, elle essayait de reprendre la conversation, « comment dirais-je... ». Une fois, j'ai pensé, « ce studio est le seul lieu que ma mère ait habité depuis ma naissance sans que j'y aie vécu aussi avec elle ». Au moment de mon départ, elle sortait un papier administratif qu'il fallait lui expliquer, elle cherchait partout un conseil de beauté ou de nettoyage qu'elle avait mis de côté pour moi.

Plutôt que d'aller la voir, je préférais qu'elle vienne chez nous : il me semblait plus facile de l'insérer quinze jours dans notre vie que de partager trois heures de la sienne, où il ne se passait plus rien. Sitôt invitée, elle accourait. Nous avions quitté le lotissement et nous étions installés dans le vieux village accolé à la ville nouvelle. Cet endroit lui plaisait. Elle apparaissait sur le quai de la gare, souvent en tailleur rouge, avec sa valise qu'elle refusait de me laisser porter. À peine arrivée, elle sarclait les plates-bandes de fleurs. L'été, dans la Nièvre, où elle séjournait avec nous pendant un mois, elle partait seule dans les sentiers, revenait avec des kilos de mûres, les jambes griffées. Jamais elle ne disait « je suis trop vieille pour », aller à la pêche avec les garçons, à la foire du Trône, se coucher tard, etc.

Un soir de décembre 79, vers six heures et demie, elle a été fauchée sur la Nationale 15 par une CX qui a brûlé le feu rouge du passage pour piétons où elle s'était engagée. (De l'article du journal local, il ressortait que l'automobiliste n'avait pas eu de chance, « la visibilité n'était pas excellente du fait des chutes de pluie récentes » et « l'éblouissement provoqué par les voitures venant en sens inverse peut s'ajouter aux autres causes qui ont fait que l'automobiliste n'a pas vu la septuagénaire ».) Elle avait la jambe brisée et un traumatisme crânien. Elle est restée inconsciente pendant une semaine. Le chirurgien de la clinique estimait que sa constitution robuste reprendrait le dessus. Elle se débattait, essayait d'arracher le goutte-à-goutte et de soulever sa jambe plâtrée. Elle criait à sa sœur blonde, morte vingt ans plus tôt, de faire attention, une voiture fonçait sur elle. Je regardais ses épaules nues, son corps que je voyais pour la première fois abandonné, dans la douleur. Il m'a semblé être devant la jeune femme qui avait accouché difficilement de moi, pendant une nuit de la guerre. Avec stupeur, je réalisais qu'elle pouvait mourir.

Elle s'est rétablie, marchait aussi bien qu'avant. Elle voulait gagner son procès contre le conducteur de la CX, se soumettait à toutes les expertises médicales avec une sorte d'impudeur décidée. On lui parlait de la chance qu'elle avait eue de s'en sortir aussi bien. Elle en était fière, comme si la voiture lancée contre elle avait été un obstacle dont elle était, selon son habitude, venue à bout.

Elle a changé. Elle mettait la table de plus en plus tôt, onze heures le matin, six heures et demie le soir. Elle lisait seulement *France-Dimanche* et les romans-photos que lui passait une jeune femme, ancienne cliente (les cachant dans son buffet lorsque je venais la voir). Elle allumait la télé dès le matin – il n'y avait pas alors d'émissions, juste de la musique et la mire sur l'écran –, la laissait marcher toute la journée en la regardant à peine et le soir s'endormait devant. Elle s'énervait facilement, disait sans cesse, « ça me dégoûte », à propos d'inconvénients futiles, une blouse difficile à repasser, le pain qui avait augmenté de dix centimes. Une tendance aussi à s'affoler, pour une circulaire de la caisse de retraite, un prospectus lui annonçant qu'elle avait gagné ceci ou cela, « mais je n'ai rien demandé! ». Quand elle évoquait Annecy, les promenades avec les enfants dans les vieux quartiers, les cygnes sur le lac, elle était prête à pleurer. Il manquait des mots dans ses lettres, plus rares et courtes. Dans le studio, il y avait une odeur.

Il lui est arrivé des aventures. Elle attendait sur le quai de la gare un train déjà parti. Au moment d'acheter ses commissions, elle trouvait tous les magasins fermés. Ses clés disparaissaient sans arrêt. La Redoute lui expédiait des articles qu'elle n'avait pas commandés. Elle est devenue agressive vis-à-vis de la famille d'Yvetot, les accusant tous de curiosité à propos de son argent, ne voulant plus les fréquenter. Un jour, où je lui téléphonais : « J'en ai marre de me faire chier dans ce bordel. » Elle semblait se raidir contre des menaces indicibles.

Juillet 83 a été brûlant, même en Normandie. Elle ne buvait pas et n'avait pas faim, assurant que les médicaments la nourrissaient. Elle s'est évanouie au soleil et on l'a conduite au service médical de l'hospice. Quelques jours après, alimentée et hydratée, elle allait bien et demandait à rentrer chez elle, « autrement, je vais sauter par la fenêtre » disait-elle. D'après le médecin, il était impossible qu'elle reste seule désormais. Il conseillait de la placer dans une maison de retraite. J'ai repoussé cette solution.

Début septembre, je suis allée la chercher en voiture à l'hospice, pour la prendre définitivement à la maison. J'étais séparée de mon mari et vivais avec mes deux fils. Tout le temps du trajet, je pensais, « maintenant, je vais m'occuper d'elle » (comme autrefois, « quand je serai grande, je ferai des voyages avec elle, nous irons au Louvre », etc.). Il faisait très beau. Elle était sereine à l'avant de la voiture, son sac sur les genoux. Nous parlions comme d'habitude des enfants, de leurs études, de mon travail. Elle racontait gaiement des histoires sur ses compagnes de chambre, juste une étrange remarque à propos de l'une d'elles : « Une sale garce, je lui aurais retourné deux claques. » C'est la dernière image heureuse que j'ai de ma mère.

Son histoire s'arrête, celle où elle avait sa place dans le monde. Elle perdait la tête. Cela s'appelle la maladie d'Alzheimer, nom donné par les médecins à une forme de démence sénile. Depuis quelques jours, j'écris de plus en plus difficilement, peut-être parce que je voudrais ne jamais arriver à ce moment. Pourtant, je sais que je ne peux pas vivre sans unir par l'écriture la femme démente qu'elle est devenue, à celle forte et lumineuse qu'elle avait été.

Elle ne se retrouvait pas entre les différentes pièces de la maison et elle me demandait souvent avec colère comment aller dans sa chambre. Elle égarait ses affaires (cette phrase qu'elle disait alors : « Je n'arrive pas à mettre la main dessus »), démontée de les découvrir dans des endroits où elle refusait de croire qu'elle les avait elle-même posées. Elle réclamait de la couture, du repassage, des légumes à éplucher, mais chaque tâche l'énervait aussitôt. Elle s'est mise à vivre dans une impatience perpétuelle, de voir la télé, déjeuner, sortir dans le jardin, et un désir suivait l'autre sans lui apporter de satisfaction.

L'après-midi, elle s'installait comme avant à la table de la salle de séjour, avec son carnet d'adresses et son bloc de correspondance. Au bout d'une heure, elle déchirait les lettres qu'elle avait commencées sans pouvoir les continuer. Sur l'une d'elles, en novembre, « Chère Paulette je ne suis pas sortie de ma nuit ».

Puis elle a oublié l'ordre et le fonctionnement des choses. Ne plus savoir comment disposer les verres et les assiettes sur une table, éteindre la lumière d'une chambre (elle montait sur une chaise et essayait de dévisser l'ampoule).

Elle s'habillait de jupes usagées et de bas reprisés dont elle n'acceptait pas de se défaire : « Tu es donc bien riche, toi, que tu jettes tout. » Elle n'avait plus d'autres sentiments que la colère et le soupçon. Dans toutes les paroles, elle sentait une menace contre elle. Des nécessités impérieuses la torturaient continuellement, acheter de la laque pour tenir ses cheveux, savoir quel jour reviendrait le docteur, combien elle avait d'argent sur son livret de caisse d'épargne. Mais, quelquefois, des accès d'enjouement factice, des rires légers hors de propos, pour montrer qu'elle n'était pas malade.

Elle a cessé de comprendre ce qu'elle lisait. Elle tournait d'une pièce à l'autre, cherchant sans arrêt. Elle vidait son armoire, étalait sur le lit ses robes, ses petits souvenirs, les replaçait sur d'autres rayons, recommençait le lendemain, comme si elle n'arrivait pas à trouver la disposition idéale. Un samedi après-midi, en janvier, elle a entassé la moitié de ses vêtements dans des sacs en plastique dont elle a cousu les bords avec du fil, pour les fermer. Quand elle ne rangeait pas, elle restait assise sur une chaise dans la salle de séjour, les bras croisés, en regardant devant elle. Rien ne pouvait plus la rendre heureuse.

Elle a perdu les noms. Elle m'appelait « madame » sur un ton de politesse mondaine. Les visages de ses petits-fils ne lui disaient plus rien. À table, elle leur demandait s'ils étaient bien payés ici, elle s'imaginait dans une ferme dont ils étaient, comme elle, les employés. Mais elle « se voyait », sa honte de souiller d'urine sa lingerie, la cachant sous son oreiller, sa petite voix un matin, dans son lit, « ça m'a échappé ». Elle essayait de se raccrocher au monde, elle voulait coudre à toute force, assemblant des foulards, des mouchoirs, l'un par-dessus l'autre, avec des points qui déviaient. Elle s'attachait à certains objets, sa trousse de toilette qu'elle emportait avec elle, affolée, au bord des larmes, quand elle ne la retrouvait pas.

Durant cette période, j'ai eu deux accrochages de voiture dans lesquels j'étais en tort. J'avais des difficultés pour avaler, mal à l'estomac. Pour un rien, je criais et j'avais envie de pleurer. Quelquefois, au contraire, je riais violemment avec mes fils, nous feignions de considérer les oublis de ma mère comme des gags volontaires de sa part. Je parlais d'elle à des gens qui ne la connaissaient pas. Ils me regardaient silencieusement, j'avais l'impression d'être folle aussi. Un jour, j'ai roulé au hasard sur des routes de campagne pendant des heures, je ne suis rentrée qu'à la nuit. J'ai entamé une liaison avec un homme qui me dégoûtait.

Je ne voulais pas qu'elle redevienne une petite fille, elle n'en avait pas le « droit ».

Elle a commencé de parler avec des interlocuteurs qu'elle seule voyait. La première fois que cela est arrivé, je corrigeais des copies. Je me suis bouché les oreilles. J'ai pensé, « c'est fini ». Après, j'ai écrit sur un morceau de papier, « maman parle toute seule ». (Je suis en train d'écrire ces mêmes mots, mais ce ne sont plus comme alors des mots juste pour moi, pour supporter cela, ce sont des mots pour le faire comprendre.)

Le matin, elle ne désirait plus se lever. Elle ne mangeait que des laitages et des sucreries, vomissant tout le reste. Fin février, le médecin a décidé de la faire transporter à l'hôpital de Pontoise, où on l'a admise en gastro-entérologie. Son état s'est amélioré en quelques jours. Elle tentait de s'échapper du service, les infirmières l'attachaient à son fauteuil. Pour la première fois, j'ai lavé son dentier, nettoyé ses ongles, passé de la crème sur son visage.

Deux semaines après, on l'a transférée au service de gériatrie. C'est un petit immeuble moderne de trois étages, derrière l'hôpital, au milieu des arbres. Les vieillards, des femmes en majorité, sont ainsi répartis : au premier, ceux qu'on accepte passagèrement, au deuxième et au troisième ceux qui ont le droit de rester là jusqu'à la mort. Le troisième est plutôt réservé aux invalides et aux diminués mentaux. Les chambres, doubles ou individuelles, sont claires, propres, avec du papier à fleurs, des gravures, une pendule murale, des fauteuils de skaï, un cabinet de toilette avec vécé. Pour une place définitive, l'attente est parfois très longue, quand, par exemple, il n'y a pas eu beaucoup de décès pendant l'hiver. Ma mère est allée au premier étage.

Elle parlait avec volubilité, racontait des scènes qu'elle croyait avoir vues la veille, un hold-up, la noyade d'un enfant. Elle me disait qu'elle rentrait à l'instant de faire ses courses, les magasins regorgeaient de monde. Les peurs et les haines revenaient, elle s'indignait de travailler comme un nègre pour des patrons qui ne la payaient pas, des hommes lui couraient après. Elle m'accueillait avec colère, « j'ai été démunie ces jours-ci, même pas de quoi m'acheter un morceau de fromage ». Elle gardait dans ses poches des bouts de pain du déjeuner.

Même ainsi, elle ne se résignait à rien. La religion s'est effacée en elle, aucune envie d'aller à la messe, d'avoir son chapelet. Elle voulait guérir (« on finira bien par trouver ce que j'ai »), elle voulait partir (« je serais mieux avec toi »). Elle marchait d'un couloir à l'autre jusqu'à l'épuisement. Elle réclamait du vin.

Un soir d'avril, elle dormait déjà, à six heures et demie, allongée par-dessus les draps, en combinaison; les jambes relevées, montrant son sexe. Il faisait très chaud dans la chambre. Je me suis mise à pleurer parce que c'était ma mère, la même femme que celle de mon enfance. Sa poitrine était couverte de petites veines bleues.

Son séjour autorisé de huit semaines dans le service a pris fin. Elle a été admise dans une maison de retraite privée, pour une période provisoire, parce qu'on n'y prenait pas de personnes « désorientées ». Fin mai, elle est revenue dans le service de gériatrie de l'hôpital, à Pontoise. Au troisième étage, une place s'était libérée.

Pour la dernière fois, malgré l'égarement, c'est encore elle, quand elle descend de voiture, franchit la porte d'entrée, droite, avec ses lunettes, son tailleur gris chiné, des chaussures habillées, des bas. Dans sa valise, il y a ses chemisiers, son linge à elle, ses souvenirs, des photos.

Elle est entrée définitivement dans cet espace sans saisons, la même chaleur douce, odorante, toute l'année, ni temps, juste la répétition bien réglée des fonctions, manger, se coucher, etc. Dans les intervalles, marcher dans les couloirs, attendre le repas assis à la table une heure avant, en pliant et dépliant sans arrêt sa serviette, voir défiler sur l'écran de télévision les séries américaines et les pubs étincelantes. Des fêtes, sans doute : la distribution de gâteaux tous les jeudis par des dames bénévoles, une coupe de champagne au jour de l'an, le muguet du premier mai. De l'amour, encore, les femmes se tiennent par la main, se touchent les cheveux, se battent. Et cette philosophie régulière des soignantes : « Allez, madame D..., prenez un bonbon, ça fait passer le temps. »

En quelques semaines, le désir de se tenir l'a abandonnée. Elle s'est affaissée, avançant à demi courbée, la tête penchée. Elle a perdu ses lunettes, son regard était opaque, son visage nu, légèrement bouffi, à cause des tranquillisants. Elle a commencé d'avoir quelque chose de sauvage dans son apparence.

Elle a égaré peu à peu toutes ses affaires personnelles, un cardigan qui lui avait beaucoup plu, sa seconde paire de lunettes, sa trousse de toilette.

Cela lui était égal, elle n'essayait plus de retrouver quoi que ce soit. Elle ne se souvenait pas de ce qui lui appartenait, elle n'avait plus rien à elle. Un jour, en regardant le petit ramoneur savoyard qu'elle avait transporté partout depuis Annecy, « j'ai eu le même autrefois ». Comme la plupart des autres femmes, pour plus de commodité, on l'habillait d'un sarrau ouvert dans le dos de haut en bas, avec une blouse à fleurs pardessus. Elle n'avait plus honte de rien, porter une couche pour l'urine, manger voracement avec ses doigts.

Les êtres autour d'elle se sont indifférenciés de plus en plus. Les paroles lui parvenaient dépourvues de leur sens, mais elle répondait, au hasard. Elle avait toujours envie de communiquer. La fonction du langage demeurait intacte en elle, phrases cohérentes, mots correctement prononcés, simplement séparés des choses, soumis au seul imaginaire. Elle inventait la vie qu'elle ne vivait plus : elle allait à Paris, elle s'était acheté un poisson rouge, on l'avait conduite sur la tombe de son mari. Mais quelquefois, elle SAVAIT : « Je crains que mon état ne soit irréversible. » Ou elle se SOUVENAIT : « J'ai tout fait pour que ma fille soit heureuse et elle ne l'a pas été davantage à cause de ça. »

Elle a passé l'été (on la coiffait comme les autres d'un chapeau de paille pour descendre dans le parc, s'asseoir sur les bancs), l'hiver. Au premier de l'an, on lui a remis un chemisier et une jupe à elle, donné à boire du champagne. Elle marchait plus lentement, en s'aidant d'une main à la barre qui longe les murs des couloirs. Il lui arrivait de tomber. Elle a perdu le bas de son dentier, plus tard le haut. Ses lèvres se sont rétrécies, le menton prenait toute la place. Au moment de la revoir, mon angoisse à chaque fois de la retrouver encore moins « humaine ». Loin d'elle, je me la représentais avec ses expressions, son allure d'avant, jamais comme elle était devenue.

L'été suivant, elle s'est fêlé le col du fémur. On ne l'a pas opérée. Lui poser une prothèse de hanche, comme le reste – lui refaire des lunettes, des dents –, n'était plus la peine. Elle ne se levait plus de son fauteuil roulant auquel on l'attachait par une bande de drap serrée autour de la taille. On l'installait dans la salle à manger avec les autres femmes, face à la télévision.

Les gens qui l'avaient connue m'écrivaient, « elle n'a pas mérité ça », ils jugeaient qu'il vaudrait mieux qu'elle soit vite « débarrassée ». La société entière sera peut-être un jour du même avis. Ils ne venaient pas la voir, pour eux elle était déjà morte. Mais elle avait envie de vivre. Elle essayait sans arrêt de se dresser en s'arc-boutant sur sa jambe valide et d'arracher la bande qui la retenait. Elle tendait la main vers tout ce qui était à sa portée. Elle avait toujours faim, son énergie s'était concentrée dans sa bouche. Elle aimait qu'on l'embrasse et elle avançait les lèvres pour en faire autant. Elle était une petite fille qui ne grandirait pas.

Je lui apportais du chocolat, des pâtisseries, que je lui donnais par petits morceaux. Au début, je n'achetais jamais le bon gâteau, trop crémeux ou trop ferme, elle n'arrivait pas à le manger (douleur indicible de la voir se débattre, les doigts, la langue, pour en venir à bout). Je lui lavais les mains, lui rasais le visage, la parfumais. Un jour, j'ai commencé à lui brosser les cheveux, puis je me suis arrêtée. Elle a dit « J'aime bien quand tu me coiffes. » Par la suite, je les lui brossais toujours. Je restais assise en face d'elle, dans sa chambre. Souvent, elle saisissait le tissu de ma jupe, le palpait comme si elle en examinait la qualité. Elle déchirait le papier des gâteaux avec force, les mâchoires serrées. Elle parlait d'argent, de clients, riait en renversant la tête. C'étaient des gestes qu'elle avait toujours eus, des paroles qui venaient de toute sa vie. Je ne voulais pas qu'elle meure.

J'avais besoin de la nourrir, la toucher, l'entendre.

Plusieurs fois, le désir brutal de l'emmener, de ne plus m'occuper que d'elle, et savoir aussitôt que je n'en étais pas capable. (Culpabilité de l'avoir placée là, même si, comme disaient les gens, « je ne pouvais pas faire autrement ».)

Elle a passé un autre hiver. Le dimanche après Pâques, je suis venue la voir avec du forsythia. Il faisait gris et froid. Elle était dans la salle à manger avec les autres femmes. La télévision marchait. Elle m'a souri quand je me suis approchée d'elle. J'ai roulé son fauteuil jusqu'à sa chambre. J'ai arrangé les branches de forsythia dans un vase. Je me suis assise à côté d'elle et je lui ai donné à manger du chocolat. On lui avait mis des chaussettes de laine brune montant au-dessus du genou, une blouse trop courte qui laissait découvertes ses cuisses amaigries. Je lui ai nettoyé les mains, la bouche, elle avait la peau tiède. À un moment, elle a essayé de saisir les branches de forsythia. Plus tard, je l'ai ramenée à la salle à manger, c'était l'émission de Jacques Martin, « L'école des fans ». Je l'ai embrassée et j'ai pris l'ascenseur. Elle est morte le lendemain.

Dans la semaine qui a suivi, je revoyais ce dimanche, où elle était vivante, les chaussettes brunes, le forsythia, ses gestes, son sourire quand je lui avais dit au revoir, puis le lundi, où elle était morte, couchée dans son lit. Je n'arrivais pas à joindre les deux jours.

Maintenant, tout est lié.

C'est la fin février, il pleut souvent et le temps est très doux. Ce soir, après mes courses, je suis retournée à la maison de retraite. Du parking, l'immeuble m'a paru plus clair, presque accueillant. La fenêtre de l'ancienne chambre de ma mère était allumée. Pour la première fois, avec étonnement : « Il y a quelqu'un d'autre à sa place. » J'ai pensé aussi qu'un jour, dans les années 2000, je serais l'une de ces femmes qui attendent le dîner en pliant et dépliant leur serviette, ici ou autre part.

Pendant les dix mois où j'ai écrit, je rêvais d'elle presque toutes les nuits. Une fois, j'étais couchée au milieu d'une rivière, entre deux eaux. De mon ventre, de mon sexe à nouveau lisse comme celui d'une petite fille partaient des plantes en filaments, qui flottaient, molles. Ce n'était pas seulement mon sexe, c'était aussi celui de ma mère.

Par moments, il me semble que je suis dans le temps où elle vivait encore à la maison, avant son départ pour l'hôpital. Fugitivement, tout en ayant clairement conscience de sa mort, je m'attends à la voir descendre l'escalier, s'installer avec sa boîte à couture dans la salle de séjour. Cette sensation, dans laquelle la présence illusoire de ma mère est plus forte que son absence réelle, est sans doute la première forme de l'oubli.

J'ai relu les premières pages de ce livre. Stupeur de m'apercevoir que je ne me souvenais déjà plus de certains détails, l'employé de la morgue en train de téléphoner pendant que nous attendions, l'inscription au goudron sur le mur du supermarché.

Il y a quelques semaines, l'une de mes tantes m'a dit que ma mère et mon père, au début où ils se fréquentaient, avaient rendez-vous dans les cabinets, à l'usine. Maintenant que ma mère est morte, je voudrais n'apprendre rien de plus sur elle que ce que j'ai su pendant qu'elle vivait.

Son image tend à redevenir celle que je m'imagine avoir eue d'elle dans ma petite enfance, une ombre large et blanche au-dessus de moi.

Elle est morte huit jours avant Simone de Beauvoir.

Elle aimait donner à tous, plus que recevoir. Est-ce qu'écrire n'est pas une façon de donner.

Ceci n'est pas une biographie, ni un roman naturellement, peut-être quelque chose entre la littérature, la sociologie et l'histoire. Il fallait que ma mère, née dans un milieu dominé, dont elle a voulu sortir, devienne histoire, pour que je me sente moins seule et factice dans le monde dominant des mots et des idées où, selon son désir, je suis passée.

Je n'entendrai plus sa voix. C'est elle, et ses paroles, ses mains, ses gestes, sa manière de rire et de marcher, qui unissaient la femme que je suis à l'enfant que j'ai été. J'ai perdu le dernier lien avec le monde dont je suis issue.

dimanche 20 avril 86 – 26 février 87

DU MÊME AUTEUR

Aux Éditions Gallimard

LES ARMOIRES VIDES.

CE QU'ILS DISENT OU RIEN.

LA FEMME GELÉE.

LA PLACE.

UNE FEMME.

PASSION SIMPLE.

JOURNAL DU DEHORS.

« JE NE SUIS PAS SORTIE DE MA NUIT ».

LA HONTE.

COLLECTION FOLIO

Dernières parutions

2715.	François-Marie Banier	*La tête la première.*
2716.	Julian Barnes	*Le porc-épic.*
2717.	Jean-Paul Demure	*Aix abrupto.*
2718.	William Faulkner	*Le gambit du cavalier.*
2719.	Pierrette Fleutiaux	*Sauvée!*
2720.	Jean Genet	*Un captif amoureux.*
2721.	Jean Giono	*Provence.*
2722.	Pierre Magnan	*Périple d'un cachalot.*
2723.	Félicien Marceau	*La terrasse de Lucrezia.*
2724.	Daniel Pennac	*Comme un roman.*
2725.	Joseph Conrad	*L'Agent secret.*
2726.	Jorge Amado	*La terre aux fruits d'or.*
2727.	Karen Blixen	*Ombres sur la prairie.*
2728.	Nicolas Bréhal	*Les corps célestes.*
2729.	Jack Couffer	*Le rat qui rit.*
2730.	Romain Gary	*La danse de Gengis Cohn.*
2731.	André Gide	*Voyage au Congo* suivi de *Le retour du Tchad.*
2733.	Ian McEwan	*L'enfant volé.*
2734.	Jean-Marie Rouart	*Le goût du malheur.*
2735.	Sempé	*Âmes sœurs.*
2736.	Émile Zola	*Lourdes.*
2737.	Louis-Ferdinand Céline	*Féerie pour une autre fois.*
2738.	Henry de Montherlant	*La Rose de sable.*
2739.	Vivant Denon Jean-François de Bastide	*Point de lendemain,* suivi de *La Petite Maison.*

2740. William Styron — *Le choix de Sophie.*
2741. Emmanuèle Bernheim — *Sa femme.*
2742. Maryse Condé — *Les derniers rois mages.*
2743. Gérard Delteil — *Chili con carne.*
2744. Édouard Glissant — *Tout-monde.*
2745. Bernard Lamarche-Vadel — *Vétérinaires.*
2746. J.M.G. Le Clézio — *Diego et Frida.*
2747. Jack London — *L'amour de la vie.*
2748. Bharati Mukherjee — *Jasmine.*
2749. Jean-Noël Pancrazi — *Le silence des passions.*
2750. Alina Reyes — *Quand tu aimes, il faut partir.*
2751. Mika Waltari — *Un inconnu vint à la ferme.*
2752. Alain Bosquet — *Les solitudes.*
2753. Jean Daniel — *L'ami anglais.*
2754. Marguerite Duras — *Écrire.*
2755. Marguerite Duras — *Outside.*
2756. Amos Oz — *Mon Michaël.*
2757. René-Victor Pilhes — *La position de Philidor.*
2758. Danièle Sallenave — *Les portes de Gubbio.*
2759. Philippe Sollers — *PARADIS 2.*
2760. Mustapha Tlili — *La rage aux tripes.*
2761. Anne Wiazemsky — *Canines.*
2762. Jules et Edmond de Goncourt — *Manette Salomon.*
2763. Philippe Beaussant — *Héloïse.*
2764. Daniel Boulanger — *Les jeux du tour de ville.*
2765. Didier Daeninckx — *En marge.*
2766. Sylvie Germain — *Immensités.*
2767. Witold Gombrowicz — *Journal I (1953-1958).*
2768. Witold Gombrowicz — *Journal II (1959-1969).*
2769. Gustaw Herling — *Un monde à part.*
2770. Hermann Hesse — *Fiançailles.*
2771. Arto Paasilinna — *Le fils du dieu de l'Orage.*
2772. Gilbert Sinoué — *La fille du Nil.*
2773. Charles Williams — *Bye-bye, bayou !*
2774. Avraham B. Yehoshua — *Monsieur Mani.*
2775. Anonyme — *Les Mille et Une Nuits III (contes choisis).*
2776. Jean-Jacques Rousseau — *Les Confessions.*
2777. Pascal — *Les Pensées.*
2778. Lesage — *Gil Blas.*

2779.	Victor Hugo	*Les Misérables I.*
2780.	Victor Hugo	*Les Misérables II.*
2781.	Dostoïevski	*Les Démons (Les Possédés).*
2782.	Guy de Maupassant	*Boule de suif* et autres nouvelles.
2783.	Guy de Maupassant	*La Maison Tellier. Une partie de campagne* et autres nouvelles.
2784.	Witold Gombrowicz	*La pornographie.*
2785.	Marcel Aymé	*Le vaurien.*
2786.	Louis-Ferdinand Céline	*Entretiens avec le Professeur Y.*
2787.	Didier Daeninckx	*Le bourreau et son double.*
2788.	Guy Debord	*La Société du Spectacle.*
2789.	William Faulkner	*Les larrons.*
2790.	Élisabeth Gille	*Le crabe sur la banquette arrière.*
2791.	Louis Martin-Chauffier	*L'homme et la bête.*
2792.	Kenzaburô Ôé	*Dites-nous comment survivre à notre folie.*
2793.	Jacques Réda	*L'herbe des talus.*
2794.	Roger Vrigny	*Accident de parcours.*
2795.	Blaise Cendrars	*Le Lotissement du ciel.*
2796.	Alexandre Pouchkine	*Eugène Onéguine.*
2797.	Pierre Assouline	*Simenon.*
2798.	Frédéric H. Fajardie	*Bleu de méthylène.*
2799.	Diane de Margerie	*La volière* suivi de *Duplicités.*
2800.	François Nourissier	*Mauvais genre.*
2801.	Jean d'Ormesson	*La Douane de mer.*
2802.	Amos Oz	*Un juste repos.*
2803.	Philip Roth	*Tromperie.*
2804.	Jean-Paul Sartre	*L'engrenage.*
2805.	Jean-Paul Sartre	*Les jeux sont faits.*
2806.	Charles Sorel	*Histoire comique de Francion.*
2807.	Chico Buarque	*Embrouille.*
2808.	Ya Ding	*La jeune fille Tong.*
2809.	Hervé Guibert	*Le Paradis.*
2810.	Martín Luis Guzmán	*L'ombre du Caudillo.*
2811.	Peter Handke	*Essai sur la fatigue.*
2812.	Philippe Labro	*Un début à Paris.*
2813.	Michel Mohrt	*L'ours des Adirondacks.*
2814.	N. Scott Momaday	*La maison de l'aube.*
2815.	Banana Yoshimoto	*Kitchen.*
2816.	Virginia Woolf	*Vers le phare.*
2817.	Honoré de Balzac	*Sarrasine.*

2818.	Alexandre Dumas	*Vingt ans après.*
2819.	Christian Bobin	*L'inespérée.*
2820.	Christian Bobin	*Isabelle Bruges.*
2821.	Louis Calaferte	*C'est la guerre.*
2822.	Louis Calaferte	*Rosa mystica.*
2823.	Jean-Paul Demure	*Découpe sombre.*
2824.	Lawrence Durrell	*L'ombre infinie de César.*
2825.	Mircea Eliade	*Les dix-neuf roses.*
2826.	Roger Grenier	*Le Pierrot noir.*
2827.	David McNeil	*Tous les bars de Zanzibar.*
2828.	René Frégni	*Le voleur d'innocence.*
2829.	Louvet de Couvray	*Les Amours du chevalier de Faublas.*
2830.	James Joyce	*Ulysse.*
2831.	François-Régis Bastide	*L'homme au désir d'amour lointain.*
2832.	Thomas Bernhard	*L'origine.*
2833.	Daniel Boulanger	*Les noces du merle.*
2834.	Michel del Castillo	*Rue des Archives.*
2835.	Pierre Drieu la Rochelle	*Une femme à sa fenêtre.*
2836.	Joseph Kessel	*Dames de Californie.*
2837.	Patrick Mosconi	*La nuit apache.*
2838.	Marguerite Yourcenar	*Conte bleu.*
2839.	Pascal Quignard	*Le sexe et l'effroi.*
2840.	Guy de Maupassant	*L'Inutile Beauté.*
2841.	Kôbô Abé	*Rendez-vous secret.*
2842.	Nicolas Bouvier	*Le poisson-scorpion.*
2843.	Patrick Chamoiseau	*Chemin-d'école.*
2844.	Patrick Chamoiseau	*Antan d'enfance.*
2845.	Philippe Djian	*Assassins.*
2846.	Lawrence Durrell	*Le Carrousel sicilien.*
2847.	Jean-Marie Laclavetine	*Le rouge et le blanc.*
2848.	D.H. Lawrence	*Kangourou.*
2849.	Francine Prose	*Les petits miracles.*
2850.	Jean-Jacques Sempé	*Insondables mystères.*
2851.	Béatrix Beck	*Des accommodements avec le ciel.*
2852.	Herman Melville	*Moby Dick.*
2853.	Jean-Claude Brisville	*Beaumarchais, l'insolent.*
2854.	James Baldwin	*Face à l'homme blanc.*
2855.	James Baldwin	*La prochaine fois, le feu.*

2856. W.-R. Burnett — *Rien dans les manches.*
2857. Michel Déon — *Un déjeuner de soleil.*
2858. Michel Déon — *Le jeune homme vert.*
2859. Philippe Le Guillou — *Le passage de l'Aulne.*
2860. Claude Brami — *Mon amie d'enfance.*
2861. Serge Brussolo — *La moisson d'hiver.*
2862. René de Ceccatty — *L'accompagnement.*
2863. Jerome Charyn — *Les filles de Maria.*
2864. Paule Constant — *La fille du Gobernator.*
2865. Didier Daeninckx — *Un château en Bohême.*
2866. Christian Giudicelli — *Quartiers d'Italie.*
2867. Isabelle Jarry — *L'archange perdu.*
2868. Marie Nimier — *La caresse.*
2869. Arto Paasilinna — *La forêt des renards pendus.*
2870. Jorge Semprun — *L'écriture ou la vie.*
2871. Tito Topin — *Piano barjo.*
2872. Michel Del Castillo — *Tanguy.*
2873. Huysmans — *En Route.*
2874. James M. Cain — *Le bluffeur.*
2875. Réjean Ducharme — *Va savoir.*
2876. Mathieu Lindon — *Champion du monde.*
2877. Robert Littell — *Le sphinx de Sibérie.*
2878. Claude Roy — *Les rencontres des jours 1992-1993.*
2879. Danièle Sallenave — *Les trois minutes du diable.*
2880. Philippe Sollers — *La Guerre du Goût.*
2881. Michel Tournier — *Le pied de la lettre.*
2882. Michel Tournier — *Le miroir des idées.*
2883. Andreï Makine — *Confession d'un porte-drapeau déchu.*
2884. Andreï Makine — *La fille d'un héros de l'Union soviétique.*
2885. Andreï Makine — *Au temps du fleuve Amour.*
2886. John Updike — *La Parfaite Épouse.*
2887. Daniel Defoe — *Robinson Crusoé.*
2888. Philippe Beaussant — *L'archéologue.*
2889. Pierre Bergounioux — *Miette.*
2890. Pierrette Fleutiaux — *Allons-nous être heureux ?*
2891. Remo Forlani — *La déglingue.*
2892. Joe Gores — *Inconnue au bataillon.*
2893. Félicien Marceau — *Les ingénus.*

2894.	Ian McEwan	*Les chiens noirs.*
2895.	Pierre Michon	*Vies minuscules.*
2896.	Susan Minot	*La vie secrète de Lilian Eliot.*
2897.	Orhan Pamuk	*Le livre noir.*
2898.	William Styron	*Un matin de Virginie.*
2899.	Claudine Vegh	*Je ne lui ai pas dit au revoir.*
2900.	Robert Walser	*Le brigand.*
2901.	Grimm	*Nouveaux contes.*
2902.	Chrétien de Troyes	*Lancelot ou Le chevalier de la charrette.*
2903.	Herman Melville	*Bartleby, le scribe.*
2904.	Jerome Charyn	*Isaac le mystérieux.*
2905.	Guy Debord	*Commentaires sur la société du spectacle.*
2906.	Guy Debord	*Potlatch* (1954-1957).
2907.	Karen Blixen	*Les chevaux fantômes* et autres contes.
2908.	Emmanuel Carrère	*La classe de neige.*
2909.	James Crumley	*Un pour marquer la cadence.*
2910.	Anne Cuneo	*Le trajet d'une rivière.*
2911.	John Dos Passos	*L'initiation d'un homme : 1917.*
2912.	Alexandre Jardin	*L'île des Gauchers.*
2913.	Jean Rolin	*Zones.*
2914.	Jorge Semprun	*L'Algarabie.*
2915.	Junichirô Tanizaki	*Le chat, son maître et ses deux maîtresses.*
2916.	Bernard Tirtiaux	*Les sept couleurs du vent.*
2917.	H.G. Wells	*L'île du docteur Moreau.*
2918.	Alphonse Daudet	*Tartarin sur les Alpes.*
2919.	Albert Camus	*Discours de Suède.*
2921.	Chester Himes	*Regrets sans repentir.*
2922.	Paula Jacques	*La descente au paradis.*
2923.	Sibylle Lacan	*Un père.*
2924.	Kenzaburô Ôé	*Une existence tranquille.*
2925.	Jean-Noël Pancrazi	*Madame Arnoul.*
2926.	Ernest Pépin	*L'Homme-au-Bâton.*
2927.	Antoine de Saint-Exupéry	*Lettres à sa mère.*
2928.	Mario Vargas Llosa	*Le poisson dans l'eau.*
2929.	Arthur de Gobineau	*Les Pléiades.*
2930.	Alex Abella	*Le Massacre des Saints.*
2932.	Thomas Bernhard	*Oui.*

2933.	Gérard Macé	*Le dernier des Égyptiens.*
2934.	Andreï Makine	*Le testament français.*
2935.	N. Scott Momaday	*Le chemin de la montagne de pluie.*
2936.	Maurice Rheims	*Les forêts d'argent.*
2937.	Philip Roth	*Opération Shylock.*
2938.	Philippe Sollers	*Le Cavalier du Louvre. Vivant Denon.*
2939.	Giovanni Verga	*Les Malavoglia.*
2941.	Christophe Bourdin	*Le fil.*
2942.	Guy de Maupassant	*Yvette.*
2943.	Simone de Beauvoir	*L'Amérique au jour le jour, 1947.*
2944.	Victor Hugo	*Choses vues, 1830-1848.*
2945.	Victor Hugo	*Choses vues, 1849-1885.*
2946.	Carlos Fuentes	*L'oranger.*
2947.	Roger Grenier	*Regardez la neige qui tombe.*
2948.	Charles Juliet	*Lambeaux.*
2949.	J.M.G. Le Clézio	*Voyage à Rodrigues.*
2950.	Pierre Magnan	*La Folie Forcalquier.*
2951.	Amoz Oz	*Toucher l'eau, toucher le vent.*
2952.	Jean-Marie Rouart	*Morny, un voluptueux au pouvoir.*
2953.	Pierre Salinger	*De mémoire.*
2954.	Shi Nai-an	*Au bord de l'eau I.*
2955.	Shi Nai-an	*Au bord de l'eau II.*
2956.	Marivaux	*La Vie de Marianne.*
2957.	Kent Anderson	*Sympathy for the Devil.*
2958.	André Malraux	*Espoir — Sierra de Teruel.*
2959.	Christian Bobin	*La folle allure.*
2960.	Nicolas Bréhal	*Le parfait amour.*

82378